目錄

【自序】我偏愛的……

新井一二三

日本《每日新聞》星期天的「本周書架」書評版，幾年前開始登了個專欄叫做「我喜歡的東西」。一篇才幾百字的小文章每周由不同的作者來擔任，介紹他（她）在日常生活中喜歡至極的東西三樣，結果很受讀者的歡迎。執筆的有文人、學者、音樂家、演員等各門路的專家名人。當被全國性報紙邀請寫「我喜歡的東西」之際，多數人談到的卻是跟職業專業無關的種種事情。

有個女作家寫：最喜歡跟寵物貓一起懶懶地睡午覺。有位鋼琴大師說：人生最大的樂趣是花幾天工夫親手做大餐而請一批朋友到自己家來吃飯。暢銷書《傻瓜的牆壁》之著者，解剖學家養老孟司則寫：從小酷愛採集昆蟲，到了晚年迷上了電子遊戲。另一位著名老學者說：跟兒女孫子女一起吃飯時最感歡喜，因爲「像我這樣的學術界異端派都竟然能享受到家庭之幸福，實在喜出望外，該謝天謝地了」。不同的人有不同的喜愛。俗話說各有所好果眞有道理。

過去幾年的「我喜歡的東西」當中，我認爲最好看也叫人最難忘的是小說家丸谷才一寫的一次。這位年邁八旬的文壇老輩說：最喜歡吃雞肉水果沙拉，將慢火煮熟的雞胸肉等冷卻後切丁，跟應時的水果丁一起，再用法國沙拉醬調味。據他說：這種沙拉，用桃子做會挺好吃的，用無花果也很不錯，跟冰涼的白葡萄酒或雪利酒配合爲最理想。其次，他喜歡看書的時候用不同顏色的鉛筆來劃上旁線或添上字句。若用鋼筆圓珠筆的話，就會弄髒書本，若用普通鉛筆的話，則很難分別不同類型的註；用德國產的高級彩色鉛筆來加註是最好的方法，行間劃線加註後，書頁看起來不骯髒，反而顯得跟水彩繪畫一般悅目。

他喜歡的第三樣東西，我已經記不得了。但是，那雞肉水果沙拉和歐洲產彩色鉛筆，我至今念念不忘，也經常夢想。到底是老作家的生活品味極好而讓人嚮往羡慕不已呢？還是他文筆卓越而讓讀者印象深刻呢？這是値得思考的問題。

二〇〇五年春天，台灣《自由時報》副刊約我寫「名家奏鳴曲」專欄。爲了兩周登一次的小文章，編輯要我定個貫穿每篇的主題以及固定的欄目名稱。我想出「一點偏愛」這個名字。通知編輯後，馬上接到對方回信：「請問是否要寫您喜歡的男生？」我不願意辜負人家的期待，可是在我腦子裡早就有《每日新聞》的「我喜歡的東西」，特別是雞肉水果沙拉和彩色鉛筆。所以，專欄開始後，我寫的差不多都是本人在日常生活中酷愛的種種小物品，其中食品和酒類爲最多。反之，談到人類男性的次數則不多，很對不起編輯小姐。

本書收錄的文章，多半來自在《自由時報》上寫了一年半的「一點偏愛」專欄，其它則最初見於、《遠見30》、《Wealth》、《Smart Woman》、《中央日報》等報刊。有兩篇文章是我分別接到兩位台灣總編輯捎來電子郵件約稿而寫，但後來他們都從我視野裡失蹤，讓我不知道文章下落如何。在結集成書之前，我自己拍攝幾十張照片，這是受了日本作家堀江敏幸的散文集《偶然》之啓發。書中作者主要談到自己喜歡的東西，其中他在法國舊貨攤買的物品佔多數，如：幻燈片放映機、義大利製鬧鐘、老皮箱、打字機等。每一篇都附有火柴盒一般大小的黑白照片，整本書給人的印象非常瀟灑，特別歐洲。我跟堀江先生，過去兩年在明治大學做了同事（見本書「理工學院的文人」）；可惜見面交談的機會甚少，現在他要調到早稻田大學去了。

這本書裡的文章也都是我開始在明大教書以後寫的。明治大學理工學院位於東京西南方川崎市生田地區的多摩丘陵上邊。日本另一個老作家庄野潤三（一九二一年出生）是當地的長期居民，自從九五年起，不停地發表以生田爲背景、彷彿日記的家庭生活散文。我曾在一篇文章裡把他這系列的作品形容爲「人間彼岸」，因爲老作家描寫的日子徹底的和平安靜，任何不愉快的事情都不發生。這是他進入晚年患了重病以後選擇的創作態度：與其批判世界社會的黑暗面，寧願積極珍惜生活中小小的幸福。我寫「一點偏愛」的文章時，亦常常想起了庄野潤三作品。可見，一個人寫文章出本書，受的影響是來自很多方面的。

孔子曰：「知之者不如好之者，好之者不如樂之者。」人在一生中能知道的事情很有限，但也不用悲觀，盡量去歡喜，從中取樂就是了。何況人生只有八十年。如果這本書裡的文章能夠給你帶來一點微笑，能爲你的生活增添一點樂趣，我則會感到非常高興。謝謝。

01 京味家常菜

今天的北京跟二十年前我留學的時候，簡直是兩個不同的城市了。生活各方面都變化，飲食當然也很不一樣了。

當年要吃北京烤鴨，非得到全聚德等專門店不可，而且價錢特別貴，老百姓一年裡能吃到一次就算不錯的了。今天可不同。到處都賣烤鴨，而且很便宜，一隻才三十八塊人民幣。

放假去北京一週，我吃了兩次烤鴨。第一次高高興興，第二次有點嫌油膩了。二十年以前那麼難得，所以每次吃都很感動。現在，倒想吃些樸素的菜肴了。

於是翻翻餐館的菜單。果然有我念書的日子裡常吃的北京菜，如木樨肉、家常豆腐、宮保雞丁、糖醋裡脊。

上世紀八〇年代中，中國還在推行嚴格的共產主義，首都街上幾乎沒有私營企業。當我們吃膩了學生食堂的飯菜以後，掏腰包去享口福的，只有國營飯店的餐廳。我就讀的北京外語學院位於西郊，坐計程車去西單民族飯店的次數最多。

幾個日本留學生圍繞著圓桌子坐下來，每次都點了木樨肉、家常豆腐、宮保雞丁、糖醋裡脊、番茄雞蛋、酸辣湯。大家都是學生，並不特別富裕，吃不起山珍海味。十年如一日，吃幾道家常菜，我們心滿意足，總之比學生食堂強不知多少倍了。

離開北京以後，我才知道，原來那些家常菜才是地道的北京菜。在南方城市或海外唐人街都吃不到的。

因爲得不到，所以特別想念，不無像戀愛。這些年來，我買過好多本中國菜譜，埋頭研究了如何重現當年常吃的幾樣菜。這一次，難得機會到北京，餐館菜單上找到了夢中情人的名字，自然非叫不可。

結果呢，老公孩子看見伙計端來的盤子，異口同聲地喊出：「啊，我知道這個菜，跟家裡吃的一樣！」。我放進嘴裡慢慢嚐，就是這個味道了，家常菜嘛，本來沒甚麼特別，後來也沒甚麼特別……。

價錢驚人地便宜。一大盤炒菜，才十塊人民幣。若在東京中餐館，一定貴出二十倍了。在其他地方吃不到的菜，就趁機好好吃吧。

然而，家人都不以爲然，認眞反問道：「這可不是跟家裡吃的一樣嗎？」叫我實在哭笑不得。

02
咖啡群像

對東京的三十世代來說，咖啡是日常生活中最經常喝的飲料。早上在家喝一杯，上午在辦公室喝一杯，下午在咖啡館喝一杯；據統計，在二十五歲和三十九歲之間的日本人，平均一個星期喝十二杯的咖啡。

三十年前，當他們剛出生的時候，日本的國民飲料還是綠茶。每個家庭的餐桌上，整天都擺著茶壺、茶杯、茶葉罐。還有，象印公司製造的電熱水瓶所普及的程度，幾乎到了家家都有的地步。當年的日本人，每頓飯後，每頓飯之間，都動不動就泡一杯綠茶的。渴了就喝綠茶，客人來了也請喝茶。帶到熟人家去的見面禮是綠茶葉。進公司開始工作以後做的第一件差事是爲大家泡茶。那年代，如果有人在家或在職場喝咖啡的話，很可能就是雀巢牌的即溶咖啡，並且加大量牛奶和砂糖。

當時，正宗咖啡只屬於商業性咖啡館。最初的日本咖啡館不是單純的消費場所，而是帶有非常濃厚的文化氣氛的。聽說，六〇年代的新宿，曾有家咖啡館叫風月堂，是年輕藝術家聚集的地方。後來出名的小說家、畫家等，很多都先在那裡認識，連伙計都是業餘詩人。

七〇年代，我上中學的年代，東京的新宿、神田、早稻田等學生集中的地區，都有專門放古典音樂、爵士樂的咖啡館。一進門口，音量大得好驚人，完全超過了背景音樂的水準，簡直可以說是提供飲料的音樂會場了。

音樂咖啡館是老發燒友爲年輕同好開的。當時，高級音響組合還相當貴，連唱片價錢也挺不俗，年輕音樂迷想接觸不同曲子，最好到唱片種類齊全的咖啡館。店裡氣氛很特殊，嚴肅到竟沒有人說話。畫架上擺著正在演奏中的唱片套子。若想點下一曲，就得默默地寫在字條上給老闆娘遞過去。以男生爲主的顧客們，個個都皺著眉頭，閉著眼睛，抑或抱著腦袋，認眞鑑賞西方藝術的樣子，現在回想煞有介事，可笑極了。至於擺在桌上的咖啡，當然早就冷卻了。

那年代的咖啡，與其說是一種飲料，倒不如說是文化符號了。雖然老闆一杯一杯都細心用手泡，但是客人更在乎裝作個文化人。當時，日本人的咖啡消費量仍只有綠茶的五分之一。八〇年代，日本的消費文化成熟，街上到處都有大眾化咖啡館了。從北海道到沖繩，全國各地總共開了十五萬家。顧客中，女性越來越多。她們邊聊天，邊喝的咖啡有：巴黎式牛奶咖啡、維也納式奶油咖啡、美國式咖啡，以及亞洲風味冰咖啡等很多種。背景音樂是輕鬆的英美流行歌曲，菜單上有了各種吐司、蛋糕、冰淇淋等甜點。跟七〇年代的嚴肅咖啡館比，簡直就是富小姐的遊樂園了。整個八〇年代，日本的咖啡消費量直線增加，到了九〇年，終於超過綠茶，得到了國民飲料地位。

過去十多年，主要由於消費經濟蕭條，日本的咖啡館減少到高峰期的一半，現在只剩下八萬多家了。雖然九六年登場的星巴克，如今已增加到五百多家，而且其他西雅圖式咖啡館連鎖店也開了不少，但是整體咖啡館文化的興盛程度，還是遠不如八〇年代。

反之，對年輕一代日本人來說，咖啡早已是在家天天喝的日常飲料了。如今日本是全世界第三名的咖啡消費國。尤其是首都東京的三十世代，在成熟的咖啡文化裡成長，電動咖啡機是每個新婚小家庭的必需品。即使單身生活，自己燒水泡咖啡是男女都會的基本動作。喝慣了正宗咖啡的人，再也不會喝即溶的。於是，飯桌上從前有過茶壺的位置，今天改由咖啡壺佔領了。

另外，自動販賣機的罐裝咖啡也成了生活中不可缺少的嗜好品。日本全國的飲料自動販賣機多達三百二十萬台。咖啡類是最暢銷的商品，比可樂、汽水等還受歡迎。除了夏天最酷熱時大家要喝冰涼的瓶裝礦泉水以外，其他三個季節都是罐裝咖啡得到出售額冠軍。結果，平均一個日本人，每年喝掉大約一百瓶罐裝咖啡。特別是三十世代男性，要麼在街上，或者在車站月台，習慣性地在自動販賣機前邊停下來，投幣買一瓶罐裝咖啡，爲的是解渴、解困、使自己放鬆一下。

03 銀座咖啡 Café Paulista

東京銀座大街，八丁目博品館玩具店對面有日本最老的咖啡館之一 Café Paulista。這家店於一九一一年創業，曾轟動一時的廣告句子是「黑如鬼／甜如戀／熱如地獄／的咖啡」。

當年的銀座只有兩家咖啡館。從法國回來的畫家松山省三開的 Café Printemps 充滿西洋氣氛，主要吸引教授級文人：小說家森鷗外、谷崎潤一郎、永井荷風、畫家黑田清輝、演員市川左團次等藝術界名人常光顧。

Paulista（指老聖保羅）則是日本第一代巴西移民水野龍爲了推銷咖啡豆而開的，價錢相對便宜；當初一杯咖啡五分錢，一個甜甜圈五分錢，只要有十分錢就可以在洋氣摩登的店內坐下來跟朋友聊上一、兩個鐘頭的。因此，顧客當中，年輕文人居多，

包括鄰近的慶應大學生。

當時正對面有時事新報社，把稿件帶到報館來的作家們也經常順道進來坐一坐。其中有芥川龍之介、菊池寬、佐藤春夫、北原白秋等文人，也有小山內薰等戲劇界人士、藤田嗣治等畫家。初期的電影圈頭頭也以Paulista爲根據地。世界語普及會的秋田雨雀則只買一杯咖啡而佔領十個位子，每週在這裡舉行研究會。

剛創業時候的Café Paulista，曾在二樓設有女賓部。一九一一年，由平塚雷鳥創辦的日本頭一份女性主義雜誌《青鞜》，編輯會議就開在這裡。歌人與謝野晶子、畫家長沼（高村）智慧子、演員松井須摩子、小說家宇野千代等名女人常常聚在一起高談闊論。《青鞜》這書名是取自英國十八世紀的bluestockings派女文人的，藍襪子亦成爲日本新女性的象徵。雖然今天的Paulista早已取消了女賓部，但是穿藍襪子的女顧客仍然受到特別待遇：只要告訴老闆一聲，咖啡錢是免費的。

現在的店舖是一九七〇年重開的。玻璃陳列窗裡擺著John Lennon和小野洋子夫妻的照片和簽名。他們有一次在銀座逗留，連續三晚都來喝咖啡，點的是Paulista Old。這種綜合咖啡從創業到今天一直在菜單上。

如今的Café Paulista是周圍商店的老闆們來歇腿的地方，氣氛很放鬆。收銀處旁邊展覽著剛創業時候的照片，正宗巴西咖啡豆則仍裝在跟當年一樣設計的瓶罐裡。若有機會去銀座逛街，這是進去休息一會兒的好地方。（位址：東京都中央區銀座八丁目八之八長崎中心大樓一樓。）

04

櫻花和日本人的文化基因

櫻花在日本文化中的特殊意義，外人也許不容易理解。到了三月底，連穿著西裝看起來正經八百的中年男人都邊走路邊向同事說：「我心臟開始撲通撲通跳起來了。」爲甚麼？不外是路邊樹上的櫻花含苞欲放的緣故。到了四月初，幾乎每個日本人都憎恨外面颳的大風。爲甚麼？不外乎是剛盛開的櫻花會給吹謝的緣故。

這種集體心情，至少追溯到一千多年以前。日本平安時代（公元九世紀）聞名於世的英俊歌人在原業平作的一首和歌道：「要是世上從沒有櫻花的話，春天的心情會多麼平靜。」他把折磨人的激烈戀情比作櫻花之美。

春天到訪日本的人會發現，這個國家眞是到處都有櫻樹。每條大街小巷邊，每個公園、民房院子、各級學校的校園裡，一定有櫻樹的。滿街都是的粉紅色花兒同時盛開起來，場面實在非常華麗，簡直跟做夢一般。

雖然一年四季都有花，但是對日本人來講，春天的櫻花跟其他季節的花兒，如冬天的山茶花、夏天的牽牛花、秋天的波斯菊，意義大爲不同。

直到今天，此間還有個默契：在盛開的櫻花下，誰都可以鋪席子坐下來，跟家人、親戚、朋友、同事在一起，痛痛快快地大吃大喝到天黑。平時的日本人，基本上沒有野餐的習慣；即使做燒烤，都一定要到大公園或河邊等特定地方去的。然而，一年只有一次，櫻花盛開的日子裡，大家不約而同到附近的花園或街道樹下去佔位子，從容不迫地拿出便當、飲料來，以全身享受初春的大自然。

歷史悠久的「花見」宴會，實際內容跟優雅的名字所引起的想像，恰巧相反而相當野蠻，如同原始人的狂歡。有一次外國朋友到東京上野公園看日本人「花見」的場面，搖著頭回來說：「花是挺漂亮的，但是醉漢太多了。到處亂喊、嘔吐，甚至撒尿，骯髒極了！」如果她自己也一起坐下來一口氣喝掉幾杯白酒蘇打，之後拉開嗓子唱首民歌的話，感想說不定就不一樣了。因爲表面看來很野蠻的「花見」，給參加者確實帶來天人合一的可貴感覺，而且是特別強烈的。何況，櫻花的生命特別短；盛開之後不到一個星期，就要給大風吹謝。一年裡能做「花見」的週末也只有一次而已，一輩子也總共沒有一百次。機會眞難得呢。

從南到北，形狀細長的日本群島，各地開櫻花的日期也從三月中到五月初，前後有四十天的差異。最南邊，全國唯一屬於亞熱帶的沖繩縣（琉球）一月底就開櫻花，但那是「緋寒櫻」，即台灣櫻，花朵顏色跟紅梅一樣濃，跟鹿兒島以北的「染井吉野」種類不同。所以，日本的「花見」季節，實際上是從三月中，九州、四國地區開「染井吉野」時候起的。

每年到了這時期，天氣預報就開始介紹「櫻前線（鋒面）」的動向。日本各地，預期同一天開櫻花的地點連接起來，地圖上出現好幾條線，猶如氣象圖上冷暖氣團間形成的鋒面，或者地形圖上的等高線。

比如說今年，三月十五日在四國高知縣初出現的「櫻前線」，翌日就到達天氣溫暖的伊豆半島，二十一日到達東京、橫濱，三十日至水戶了。接著逐漸北上，四月十日抵達東北地方仙台市。然後稍微慢下來，二十五日才到達青森。國內最北的北海道，「櫻前線」也最後到，札幌人是五月六日終於賞到櫻花的。

要是有足夠的時間，日本全國從南到北，花四十天追「櫻前線」慢慢遊覽定會好玩。而到哪兒也有以櫻花聞名的觀光區。比方說，鹿兒島霧島神宮、京都圓山公園、大阪造幣局、東京外濠公園、青森弘前城、北海道松前城等。

日本機關、公司、學校的年度，都從四月開始三月結束，恐怕也跟櫻花有關。已經很多年有人主張：爲了跟國際接軌，學校最好九月開學。但是始終不被接受，因爲日本人確信：櫻花代表死亡和再生，也就是生命的連續；人生重要的歷程如畢業、入學，以盛開的櫻花爲背景最合適。

每幾年，日本都流行叫做「櫻」或「櫻花」的時代曲，歌詞不例外地敘述年輕時候的邂逅和別離，愛情和傷心。從小做「花見」長大的日本人，到了十八、二十歲，自然將生離死別寄託櫻花來看。然後，不知不覺之間，成爲看到路邊樹上的櫻花含苞欲放就「我心臟撲通撲通跳起來」的中年人。這豈不因爲我們跟古代的風流歌人有共同的文化基因嗎？

05 馬斯頓紅酒

已經半年多，我幾乎每晚都喝一、兩杯馬斯頓紅酒，是東京住家附近的舶來食品店「成城石井」廉價出售的。

最初，看到「BEST PERFORMANCE，馬斯頓產紅酒」的廣告牌，我主要被異國情調所吸引了。之前，已嚐到過來自世界各國的紅酒：法國、義大利不在話下，西班牙、葡萄牙、匈牙利、美國、澳大利亞、智利、南非等等。但是，原屬於南斯拉夫的馬斯頓產紅酒，連聽都沒聽說過。

說實在，馬斯頓這個國名，在中學時的世界歷史課，學過亞歷山大大帝的故事之後，似乎一直沒有再聽到。唯一的例外，是法國菜裡的馬斯頓沙拉（macedoine），乃多種蔬菜或水果切成小丁後混合而成的。

雖然相當陌生，但是我對馬斯頓紅酒從一開始就很有信心。模糊地想像到歐洲東南部鄰接希臘的位置，和追溯到公元前的悠久歷史，我相信人家一定做得出好葡萄酒來。何況，有一種葡萄就叫做亞歷山大嘛。

帶回家喝，果然不錯。沒有法國紅酒的高貴和義大利紅酒的姣媚，反而微有泥土的氣味，或者說，像乾燥稻草。總之，令人聯想到吹於巴爾幹半島之風。有點像葡萄牙、匈牙利的，卻沒有希臘的那麼獨特。

對我來說，喝紅酒的樂趣之一，便是坐在家中能享受到味覺上、想像力上的世界旅行。日本也生產葡萄酒，山梨縣勝沼地區的產品頗有名，可是在價格和味道兩方面，都還比不上進口的。美國、澳洲等新大陸的紅酒水平很齊，不大會令人失望，也不大會令人驚喜。在這一點上，歐洲小國產品的潛力，可以說是最大的了。

回想過去的日子，我馬上會想起每一段時間常喝的紅酒種類：如在澳門盡情喝的葡萄牙產紅酒「DAN」；香港超市常買的南非「犀牛」牌紅酒；剛回日本的時候，喝過的小提琴標籤法國紅酒。

跟大企業穩定供應的其他酒類不同，小酒廠居多、每年產量有限的紅酒跟飲者之

間，總會有邂逅和離別的時刻。換句話說，喝紅酒猶如戀愛。二〇〇五年晚春，我的人生正在於馬斯頓階段。

06 狗年家族

日本都講天干地支。今年（二〇〇六）在日本也是狗年。我父親屬狗、小弟屬狗、快要出生的他兒子也屬狗。父親七十二歲、小弟三十六歲、姪兒零歲。相隔三輪，一家有了三代屬狗男人。

父親七十二歲能夠見到跟自己一樣干支的孫子，我很爲他高興，因爲小弟是家裡的老五，這次他做了爸爸，我們五個都有了後代。這在如今的日本算是值得慶幸的福氣。畢竟，國家人口已經在減少中。

自從七〇年代，日本的出生率直線下降，去年開始低於死亡率。現在，一個日本女性生的孩子，平均起來才一點二幾（還比台灣、韓國、香港多）。父親的五個孩子總共有了八個孫子，可以說是成績不差了。

小弟出生的時候，他上邊已經有兩個哥哥和兩個姐姐：長男、長女、次男、次女。我排行老二，是長女。

父母製造孩子特別有技術；不僅性別排列抓得完全準確，而且在五個孩子當中，有三個的生日集中於連續三天內。哥哥的生日是十一月十六日、妹妹的生日是十一月十七日、小弟的生日則是十一月十八日。這種事情，現在我只覺得很好玩，但是，凡事很敏感的青春時期，曾爲此羞愧至極的。何況，母親常跟別人大聲說：五個孩子是夫妻之間的「愛情結晶」！

母親屬豬、哥哥也屬豬，年齡相隔二十四。再說，已故姥姥也是屬豬的，跟母親又相隔二十四歲。想一想，哥哥出生的時候，她是僅僅四十八歲的年輕祖母；到我出生時，才到半百的。怪不得，在我印象裡，姥姥是個一輩子意氣風發的女人。天干地支從中國大陸傳來的時候，此間人把「豬」字理解爲「野豬」。（於是，在日本，至今「豚」字才指「豬」。）姥姥和母親都明顯有野豬性格，好冒進；至於哥哥，我則不那麼清楚了。

母親生了小弟時，已經有三十五歲；那時代算是十足的高齡產婦了。當時，哥哥十一歲、我八歲、大弟四歲、妹妹兩歲。父親開的小印刷廠發生火災，賠了錢後才一年多，家計還相當緊；母親只好去收費水準最低的公共醫院分娩。

事後，她跟新生兒躺在體育館一般大的破舊雜亂的病房裡休息。我每次聽到收容所一詞，就想起那地方。姥姥帶我們坐公共汽車去看望母親和小弟。但是，那家醫院，連燈光都不夠亮，一切都在昏黃的光線裡，完全缺乏歡喜的氣氛。大家只好默默地坐著。我至今忘不了那寂寞的感覺。

小弟的名字是大弟起的。有個電視演員叫前田武彥。四歲的大弟搞不明白甚麼是姓甚麼是名字，就主張說：「把小娃娃叫做『新井前田武彥』好了！」讓大家捧腹大笑。不過，竟然哥哥叫克彥，大弟叫雅彥，小弟也該叫某彥才合適。最後，父親借來「前田武彥」的名字讀音，另找個字，起了「猛彥」這名字。（日語的「武」和「猛」爲同音。）

由於年齡相差太大，我幫他換過尿布也背著他哄睡覺，但是沒有一起玩耍的記憶。整個成長過程，小弟都經常埋怨母親比同學們的媽媽老得多。母親也說：「去他的家長會，我年紀突出，別人都是小妹妹。」其實，我都替母親參加過小弟的家長會幾次。

在我的印象中，小弟始終是「家裡最小的一個」，雖然他後來長得特別高大，身高超過一米八，全家最高。轉眼之間，他大學畢業開始工作，有十餘年了。

從老大哥哥到老四妹妹，全都成家、有了孩子，唯獨老五小弟一直保持著單身身分。人生有些重要事情受時間限制；但是，現在的社會風氣不允許太直接地干涉別人的私生活，即使是家庭成員。當事人又似乎不理會事情的嚴重性，讓長輩乾著急。

才一年前，小弟終於閃電結婚的對象，果然是初中時候的同班同學，年紀跟他一樣大，也同樣屬狗。以今天的標準，三十四歲結婚，三十五歲生第一個孩子，都不算特別晚。大家心中鬆了一口氣，祝福他們差一點「趕上了」。

就這樣，父親、母親、新生兒，三口子全屬狗的小家庭今年將要成立了。小弟夫妻選擇了著名的聖母醫院為分娩場所。這次，新任母親和新生兒休息的地方將會是陽光燦爛、燈光明亮的乾淨漂亮空間。我在心底下藏了三十五年的寂寞場景，終可抹去了。感謝新生命，以歡樂的經驗來更替寒酸的記憶。

07 唐辛子

說到日本香辣調味品，國際上最有名氣的無疑是「山葵（wasabi）」了。夾在生魚片和壽司飯之間的那麼一點點青芥末，放在嘴裡十分刺激特開胃口；難怪，很多外國朋友簡直上了癮一般，吃甚麼都要沾點山葵泥。

相比之下，「唐辛子（togarashi）」沒有打進國際市場，基本上還專門爲國內市場供應消費。

所謂「唐辛子」，說穿了就是辣椒粉，主要是吃熱麵、喝湯水時候用的。賣蕎麥麵、烏龍麵的館子一定有。日式拉麵店也常置備，因爲不少客人認爲，味噌底的湯水加了點辣椒粉味道更佳。

「唐辛子」有「一味」和「七味」兩種；前者爲純粹的辣椒粉，後者則是攙了另

六種香料的。最常見的副材料有芝麻、海苔、罌粟、麻仁、陳皮、花椒、薑、紫蘇。日本普通家庭用 S&B 或 HOUSE 公司的「一味」和「七味」。這兩家也生產軟管裝的山葵、咖哩粉等香辣調味品。

這些年到日本各地去旅行，我逐漸注意到，其實每個地方的「七味唐辛子」都有不同的味道，主要是七種材料的選擇以及混合比例不一樣的緣故。

據說，日本三大「七味」來自長野、東京、京都三個地方。長野市善光寺門前的「七味唐辛子」頗有名。東京巢鴨高岩寺門前也賣特製品。不過，吃來吃去，水平最高的還是京都清水寺參拜路上賣的。

現在，我家常備京都一休堂的三種商品：「京一味」和「京七味」以及黑芝麻含量多的「黑七味」。都是僅裝十克的迷你瓶子，看起來可愛，價錢便宜（一百多日圓），卻爲每天的生活著實加味道。有趣的是標籤上印有小和尙的圖畫和「藥味」兩個字。原來，「七味唐辛子」是十七世紀初，江戶（現東京）藥材店發明出售的健康食品。

前幾天，有朋友回老家九州一趟，從大分縣買來當地特產的「柚子七味」。匆匆打開聞一聞，果然柚子的香氣很顯著，別有味道。

「唐辛子」沒有「山葵」的衝擊力，但是微微的刺激令人難忘。吃烏龍麵、喝味噌湯時候放一點吧，猶如細長的指頭輕輕地搔喉嚨和鼻孔。感覺眞是極樂世界。啊，好幸福。

08 牛油果

第一次發現世上有牛油果這種食物時，我還是個穿著水兵服的東京女中生。翻閱著名導演伊丹十三的散文集《女人們！》，看到一篇短文叫做「開胃水果」。

他寫：「有一種水果，是國際間諜〇〇七跟美女用餐時當作冷盤叫的；英文叫avocado，日文名稱乃鱷梨。形狀類似西洋梨，像燈泡，果肉爲淡綠色，外皮呈古怪的暗綠色，中間有乒乓球大的籽。吃起來，味道像乳酪、蠶豆，也有點像煮蛋黃。總之，彷彿奶製品，很難相信是樹上結的果。」

他年輕時做國際演員，常到歐洲拍片子，寫出來的文章充滿西洋氣氛。尤其他講到的西方菜肴，在一九七〇年代的日本是嚐不到的。我只好想像其味道，而不必說，想像中的食物總是比現實中的好吃。

幾年後，日本市場上出現的牛油果，果然是伊丹文中的開胃水果。廣告單說：「美國進口的『森林牛油』，做刺身沾山葵醬油吃，味道猶如鮪魚肥肉。」我充滿期待地嘗試，結果覺得受了騙。太難吃，一點也不像鮪魚肥肉，也不像是○○七跟美女吃的東西了。

後來，我搬去多倫多。在當地壽司店最受歡迎的「加州捲」就包含假螃蟹和牛油果。試試吃，味道挺不錯，跟日式刺身完全不一樣。果然是中間塗的一點點美乃滋起著很大的作用。老攝影師約翰每次看到我都說：「東京小姐，請我吃加州捲好不好？」他以爲那是最典型的日本菜。

回到東京，充斥街頭的迴轉壽司店、外賣專門店都沒有加州捲。這些年，不少日本人癮上了美乃滋，吃白米飯都要倒一點的。於是，外賣專門店出售沙拉捲之類，但是賣不出去。在壽司發源地，傳統的鮪魚捲、黃瓜捲、瓠瓜捲等地位很穩定，美國式加州捲或加拿大式鮭皮捲，都未能打入市場。

至於我當年嚮往的牛油果，如今在東京超市常有了。價格也大眾化，往往比番茄還便宜。我買一顆帶回家做沙拉、三明治，絕不忘記加點美乃滋。當熟透的果肉在舌

頭上慢慢溶化，讓我想起伊丹的文章來。

書本裡初識的外國食品，經過三十年時間化爲家常便飯。我說箇中有點成就感，你會笑嗎？

09
過了平均年齡之後

聽說中國第六代導演賈樟柯的影片拍得很不錯，最近郵購買來一張影碟看了，是二〇〇二年作品「任逍遙」。在一切被黃沙蒙住的內陸小鎮，找不到出路的幾個年輕男女，從十八到二十一歲，為了打發對未來的不安，談戀愛，打架，喝酒，跳舞，騎摩托車……。後來知道，這片子屬於「故鄉三部曲」之一；跟前兩作「小武」和「站台」一樣，以賈導演的故鄉山西汾陽為背景的。

我沒去過山西，那裡的方言也除非有字幕不一定聽得懂。可是，對主人翁小濟那樣的面孔表情還有身軀，倒挺有印象。忘了是在大陸還是在日本抑或在別的地方，我曾經的確認識特像他的一個小伙子，而且有一段時間跟他相當熟的。那到底是誰？我怎麼記不起來了？

看完整部以後，我忽而想通：小濟那面孔表情還有身軀，其實不屬於特定的個人的，而屬於一個年齡——青春期的。我自己和周圍的朋友們，個個都經歷了類似他們的生活階段，雖然時代與社會環境都完全不同，我們最後也沒有像小濟那樣打劫銀行。

也就是說，「任逍遙」是具有普遍性的影像作品；賈導演的名聲果然沒有虛傳。原來，青春的形象如此跨越時空。我跟賈導演年齡相差八歲，和影片中的小濟他們竟有二十多年的差距了。對我來說，青春的記憶已經跟電影情節一樣遙遠，儘管印象猶新，感觸則永遠深刻。當年，迎風騎在摩托車後座，猶如蓑蛾等待孵化，根本想像不到未來的。

二十年過去，人到中年，所看到的情景跟年輕時候不同了。三年前的春天，純白的櫻花瓣兒下雪一般滿天飛的日子裡，我第一次看見了中年情景。那是每年例行的賞花宴：四月初的一個週末，舉家帶特製便當到附近的夾道櫻樹下，擺席吃喝整個下午的時候。

除了很多人跟我們一樣在地上擺席子以外，還有更多人在旁邊人行道上邊走邊看花也邊看人。我們反過來也坐著觀察散步中的人們：有親親密密的年輕情侶；有父母親推著嬰兒車走路的小家庭；有結伴玩耍笑嘻嘻的中學生；也有已退休互相扶持的老夫妻。

男女老少一起賞花的場面，一年復一年。但是，這一年，我看到的情景跟之前截然不同了：人群中，比我年紀小的人明顯佔多數。那年我四十一歲，正值日本人的國民平均年齡。本來以爲「平均年齡」是計算出來的抽象概念而已，沒想到，實際上這麼地具體而伴隨眞實感的。

之後，日常生活中，讓我感覺到「過了平均年齡」的事情連續發生。比如說，新認識的朋友，無論是來大學當客座的外國學者，還是孩子同學的父母，很多都比我年輕了。結果，我請人家吃飯的機會比被請的機會多得多。

回頭想想：自從青春時期，我在不同的國家城市交到了好多年長的朋友們。他（她）們請我吃飯，請我喝酒，也給我介紹該讀的好書、該看的好電影、該去的好地方，也很慷慨地教了我人生的祕訣和忌諱。當時，我就是因爲年輕，根本沒有想到回報人家的好意。結果，多年來大欠人家的債了。

未料到，我向年長朋友們欠的人生債，現在要向年輕朋友們還了。這跟彼此的收入多寡無關，跟文化背景也無關，只關係到互相的年齡大小。

前幾天，我大弟和妹妹各帶領自己的家人來我家作客。身為姐姐，我理應樂意招待他們。讓我吃不消的不是從早指揮兩小孩打掃整個房子，也不是為十個人準備午餐，而是當弟妹兩人吵起來時，從中勸架一方面跟妹妹說：「你可不是個母親嗎？不要這樣子讓孩子難過。」另一方面又跟弟弟說：「你都是今年四十歲的人了，快要過日本人的平均年齡呢。即使妹妹有錯，你也得讓一讓嘛。畢竟人家比你小，經驗不多，想得也不夠……」

這就叫做人到中年雜事多了。相比之下，二十年以前的我，迎風騎在摩托車後座，緊緊抱住「小濟」的腰，空虛是空虛，不安是不安，著急是著急，但是萬萬沒想到將來……會有安定溫暖的生活。

10

日本小團塊的悲哀

日本的三十世代，最有名的集體別名是「小團塊（Dankai Junior）」。

他們的父母親屬於第二次世界大戰剛結束後出生的嬰兒潮一代；從一九四七年到四九年之間，在日本出生的孩子共有七百萬人。因爲人口多，從小在激烈競爭裡長大，結果養成了團塊世代凡事積極，大聲說話的集體性格。

時代環境也對他們有利；雖然出生在戰後廢墟上，但是個人成長和國家復興同步進行，生活一天比一天好。到了大學年代，正逢世界性學運以及嬉皮式文化熱潮；男女都留長頭髮，穿上花襯衫和牛仔喇叭褲，佔領東京新宿火車站廣場，彈著吉他大唱反越戰歌的，就是團塊一代人。

他們在學生時代曾標榜過革命家，然而目睹激進份子的悲慘末路後，出社會翻身爲企業戰士了。生活價值觀念也相當保守：男的出去工作，女的則留在家裡。團塊世代的孩子們，大約在一九七〇年代出生，乃現在二十五歲和三十五歲之間，總數一千九百萬的小團塊。

小團塊的命運，一開始算是很不錯的。從小在和平富有的環境裡長大，到了懂事的時候，恰巧碰上泡沫經濟；消費文化空前繁榮，社會風氣浮華得猶如全國上下同時開著嘉年華會。只是，他們沒念完書之前，泡沫已經破滅，經濟蕭條到來了。

九〇年代初，小團塊開始出社會，但是條件好的工作很不容易找。幸虧，父母一代已經積累了一定的財產，大多人在泡沫破裂之前買好了房子。小團塊暫時不搬出去，生活各方面靠父母也問題不大。

當時，無印良品推出針對於小團塊的商品系列。從衣服、毛巾到沙發、電視機、咖啡杯，全是黑白灰乳米等素淨顏色，單純設計的生活用品；看起來特酷，品味高，充滿城市氣質，價錢卻合理。以一句話概括：滿合適於剛出社會的年輕男女。他們要麼還住父母家，或者剛在外面租了個小套房。即使稱不上單身貴族，也是十足的單身中產階級。先買無印良品熬一陣啦，等經濟環境好起來再說吧。

可是，國家經濟後來一直低迷。幾年過去，住在父母家的小團塊被揶揄爲單身寄生蟲了。大家不敢結婚，因爲婚後的生活水準必定要下降。小團塊的中間年齡到了三十，但是日本的人口分佈圖上，「小小團塊」並沒有出現。

社會評論家兼精神科醫生香山梨花，出了一本書叫做《倒楣世代》，專門談論小團塊的集體性格。香山說：他們的世界觀是「美好時光已經過去，將來只會越走越糟。」既然如此悲觀，就不可能精神奕奕，反而難免散發老氣。香山說，小團塊「單單有三十歲的肉體」。這跟父母一代正相反；快到六十歲的團塊世代，由香山看來是「單單有三十歲的精神」。

從二〇〇七年開始，七百萬團塊世代將開始陸續退出社會的第一線。雖然國家財政面臨破產危機，但是他們那一代的養老金，大概不會出大問題，因爲小團塊畢竟有一千九百萬之多，養活七百萬老人應該不太難。（但是，將來不會有人養活一千九百萬小團塊老人。）不必擔憂生活，團塊世代正高高興興地等待著退休的一天。有人要創立非營利團體從事社會活動；有人要搬到鄉下晴耕雨讀；有人要辦居留簽證去馬來西亞邊學英語邊打高爾夫；有人要重新拿吉他組樂隊來唱披頭四老歌。

看著元氣煥發的父母親，小團塊一代提振不起精神來。也難怪，自從他們出社會，經濟環境一貫是嚴酷的。這些年，因體制改革，雖然少數人發了大財，但是大多數人覺得生活水平慢慢低落。

這就是小團塊的悲哀了。日本的三十世代，跟其他國家的很多同代人比較，至少在物質生活上該算是滿幸運的；沒挨過餓，沒當過兵，從未缺乏買無印良品的錢。儘管如此，人活著不僅是爲了麵包，始終也需要精神糧食。

小團塊最需要、最渴望，而到目前爲止最難得到的就是「希望」這個精神糧食。但願，二〇〇七年，當他們的父母一輩開始退休時，猶如雲現空隙陽光照進來一般，三十世代會預感到美好的明天將要到來。

11 ＪＲ中央線

ＪＲ中央線是橫貫東京的一條鐵路。從東京站出發，經過神田、御茶之水、新宿，一直往西到天狗保佑的靈峰高尾山去。中央線班車有快車、慢車兩種，前者的車身爲橙色，後者則塗成檸檬色。東京小孩最早認識的電車，除了綠色車身山手線以外，通常就是橙色、檸檬色的中央線了。

我是在中央沿線出生、長大，如今則定居在此。除了在外地過的日子外，只要在東京則一定在中央沿線，雖然搬過幾次家，但是從來沒有離開過這條軌道太遠。

今天，我上中央線看外景，一會兒有出生之家，一會兒有小時候上的學校，一會兒看到中學時候常逛的街頭，一會兒經過當年未婚夫家的所在地，再一會兒就到今天經營小家庭的場所。幾十分鐘並不長的旅程，對我來說是回想半輩子的時間隧道。

爲了寫《東京迷上車：從橙色中央線出發》，我在每個車站下車、散步、做調查採訪。本來自以爲很熟悉的地方，其實充滿著鮮爲人知的故事。

例如：我母校旁邊的小神社供奉著東京最著名的怨鬼平將門的鎧甲，因而叫做鎧神社；附近地名柏木則取自《源氏物語》的主人翁光源氏情敵之名字，等等。

東京人認爲，中央沿線是個 neighborhood，居民文化和街坊氣氛都截然不同於市內其他地區。有人形容爲東京的印度，我倒認爲說東京的波西米亞更爲合適。這裡的土特產，八十年前是馬克思少年，六十年前是私小說家，四十年前是嬉皮，二十年前是搖滾樂手，今天則是動漫作家了。

這裡也是被居民熱愛的 neighborhood。雜誌介紹的中央線專輯都挺暢銷，沿線書店收款處邊老擺著《中央線的人》、《中央線的詛咒》等半認眞半開玩笑的次文化書。

我在沿線出生長大，應是純屬偶然。那麼，後來跟沿線居民談戀愛、結婚、繼續住於此，究竟是偶然還是必然呢？恐怕，這就叫做命運，或者說是老天爺的意思了。

12 英語一極化時代

日本政府開始討論引進英語教學到全國每一所小學來。跟亞洲其他地區比較，日本人英語水平之差，早就眾所周知。以往的日本人，從初中一年級到大學畢業，總共學了十年英語，但碰到了外國人幾乎都變成啞巴。如果有人操流利英語，那一定是海外長大回來的。

也難怪，日本是個島國，四周都是大海。平時的生活中，很少有機會看到外國人，更何況說外語的。

以前，日本人學外語的目的，主要是爲了看書；透過閱讀來吸取先進國家的文化。後來，去國外旅遊的人逐漸多起來，他們想學會英語直接跟外國人溝通。然而，實際上，多數人的旅行方式，就是跟著團走；自己上街的機會很有限。他們用英語說話的機會，除了機場的護照檢查處和海關以外，只有在免稅店買東西的時候；但是，日本旅遊團無例外地被帶到日資商店去，對方會說簡單的日語。

很長一段時間，日本的英語會話學校是很接近騙局的。跟金黃頭髮的俊男美女坐在一起，感覺不錯，花多少錢也值得。學生心甘情願，那麼外人則不用說三道四了。只是，那些老外根本不是英美加澳等從小說英語長大的人，而是從東歐、拉美等地來打工的，說起英語鄉音重得很呢。

我還住在加拿大的時候，有一次翻看家人從日本帶來的旅遊英語會話指南，簡直目瞪口呆；因爲錯誤特別多，顯然是不會說英語的人書寫的。

今天日本周圍還是大海，街上走的外國人也還不是很多。然而，工作上，跟外國人打交道的機會增加了許多，是這些年的全球化帶來的轉變。不管是製造業、流通業，還是傳媒業，無論是大企業、中等公司，還是小工廠，幾乎沒有一家的業務不跟外國相干。去海外出差不再是商社幹部人員的專務，而是人人都會輪到的基本任務了。

今天的東京三十世代，很多是離開學校出社會以後才開始認眞學英語的。早晨在上班的車上透過耳機聽教材，下班以後則匆匆上夜校，到了週末在家查詞典。對他們來說，提高英語水平等於提高自己在人才市場上的價值，非認眞不可的。不少人埋怨：從中學到大學的十年裡，每週上課花的時間加起來挺可觀，爲甚麼最後學到的英語這麼少？

其實，答案滿清楚：因爲日本的英語老師，很多都不會說英語的。所以呢，現在政府決定讓小孩子學英語都讓人不覺得樂觀；把學生教好之前，先得教好老師吧！

隨著全球化，英語的地位直線提高，其他外語的地位則相對低落了。自從九〇年代，日本很多大學都取消了第二外語課程。從前的大學生，除了英語以外，一定要上法文、德文、俄文等。現在，大學當局卻鼓勵學生集中精神學好英語；反正，同時學兩種外語的效果是好不到哪裡去的。

聽起來有道理乎？然而，學外語的目的，除了提高商業能力外，還有擴大視野，增加對世界的知識等。沒了機會學法文、德文、俄文，日本大學生對歐洲文化社會的整體理解程度，不能不低落。

過去十多年，學德文的日本人減少了一半。同一時期，學生人口反而增加的外語有兩種：韓語和漢語。

韓流帶來的韓語熱，你去東京街上的任何書店都體會得到；從正式課本到旅遊會話指南，各種各樣的韓語教材好豐富。看了韓劇，喜歡上了個別明星後，想要學學人家的語言是滿自然的心理反應。但是在日本，正式開韓語課的大學還不多，民間的韓語學校也很少見的。所以，多數韓流、韓語迷，當前只有自學。

至於大學提供的第二外語課程，只有漢語的人氣還在上升中。雖然這些年日本跟中國的政治關係冷卻得厲害，但是整個華人經濟圈的活力，對日本年輕人來說，特有吸引力的。尤其是人生經驗豐富的父母一輩，異口同聲地鼓勵孩子學漢語：英語是全世界人人都要學的，掌握了漢語才能出人頭地呢！

我問了今年的漢語班新生認識哪些漢族人？結果，最出名的是毛澤東，跟著是章子怡、成龍、姚明。幸虧他們認識一些華人明星，腦海裡不至於全盤美國化（即全球化的實際內容）了。

13 私小說如祈禱

車谷長吉到底是誰？在日本也沒有很多人知道。雖說他是一九九八年的直木獎得主，得獎作品《赤目瀑布殉情未遂》一時很暢銷過，但是廣大社會馬上忘記了他。畢竟，車谷寫的是如今不再流行的私小說，用他自己的話語，便是「反時代的毒蟲」。

曾在日本風靡一時的私小說，這些年沒落得很厲害。今天的讀者喜歡看哈利・波特那樣的奇想世界，以作者的悲慘經歷爲主題的私小說當然不受歡迎。然而，車谷長吉還是專門寫私小說，而且寫得越來越精采。最新作品《飆風》說得上是傑作。

他在文中暴露小時候的家庭醜事；青春時代的非道德行爲導致朋友自殺；流浪時代的同事吐露犯罪行爲；婚後的房事片段與家庭風波；跟編輯的爭執等。常人一定要隱瞞的一切，特別是涉及到別人生活的事實，他都寫成文章公開於世。被寫進去的人

當然個個都很不高興，但是車谷長吉還是繼續寫。究竟是爲甚麼？

已故隨筆家白洲正子說過：車谷的私小說彷彿是對上天的祈禱。他本人在第一本短篇作品集《鹽壺之匙》的後記裡寫：「寫詩或小說，乃救濟的裝置，同時也是一種惡。尤其是賣私小說恰似女人賣笑。於是，過去二十年，我寫這類文章，心中始終很慘。儘管如此，還是寫到今天，因爲對我來說，寫作是唯一的希望。全是當生前遺稿寫的。寫作又是一種狂病……」

《飆風》裡，他寫到四十八歲結婚不久患上恐懼症的過程。被解雇失業、沒錢被迫搬家、小說沒得獎、憎恨得主、埋怨編輯、對四十九歲的詩人新娘抱有矛盾感情……最後引發恐懼症，非住精神病院不可了。

車谷長吉雖然寫悲慘的經歷，但是他跟自憐是無關的。嚴厲批判別人的同時，他看自己的眼光也無情冷酷，截然不同於一般的私小說作品充滿著作者的自憐和自戀。他的筆調不像懺悔，而像冷靜解剖魂魄的報告。

有人說私小說是日本文學界的恥辱，似乎有一定的道理。然而，車谷長吉單槍匹馬體現的是，作者把自己的人生百分之一百地投入進去的行爲藝術。確實像對上天的祈禱，給讀者帶來宗教性的感動。

14 每日卡桑

〈每日卡桑〉是漫畫家西原理惠子每星期天在日本《每日新聞》家庭版上連載的作品。二〇〇二年十月開始後，受讀者的熱烈歡迎，單行本一出就賣五十萬本，也獲得了國家文化廳媒體藝術獎以及手塚治虫文化獎。

我自己平時沒有看漫畫的習慣，然而〈每日卡桑〉是例外，每星期天絕不想錯過，因爲它給我的感覺好似優秀的文學作品。

第一次看西原漫畫，很像是小孩子胡寫亂畫的；一點也不像手塚治虫等傳統漫畫家的作品端正。她風格屬於噱頭（gag）派，充滿黑色幽默那種，特別在於同時走「私漫畫」路線。

〈每日卡桑〉以她和兩個孩子的日常生活爲主題。其實，連載剛開始的時候，他們曾經是夫妻和男孩、女孩，加上西原母親的一家三代五口。後來，作品中，她逐漸向讀者透露：戰場攝影師丈夫很少回家，而且嗜酒過頭，經過協議，最後非辦離婚不可了。當時兩個孩子都還沒有上學，對爸爸的感情不薄，但是丈夫因酒精中毒常住醫院，保持家庭生活實在太困難。

去年春天，西原兒子上了小學以後，〈每日卡桑〉則主要報告天眞調皮的男孩，在每天的生活中所引起的種種好笑事件了。既然是噱頭漫畫，作品內容不一定寫實。儘管如此，還是很多讀者看得笑中含淚，因爲西原確實能畫出一些人生眞理。如：母親是無法理解兒子的，即使多麼疼愛，多麼擔心，多麼想理解。

六月最後一週，〈每日卡桑〉的題目是兒子帶回家的零分考卷。他自己一點也不在乎的樣子，盡情吃著冰淇淋。西原跟普通母親不同，不責罵兒子，卻想起自己小時候也功課不好。拿到零分時，坐在教室裡或者在回家的路上，都覺得自己很笨沒有用，孤獨至極。如今做了母親，她爲兒子難過，最想分擔他的孤獨。

這種母愛，大概很多女性都有，乃具備普遍性的。對西原這一類作品的回響特別強烈，導致報館向讀者徵集「我的兒子」投稿並刊出了專輯。然而，沒有一篇像〈每

日卡桑〉般，能夠表達人生的悲哀與溫暖始終相交織不可分開的感覺。

果然，只有眞正的藝術家方能清楚地掌握複雜的心理運作。畫著噱頭漫畫而達到藝術的至高境地，西原理惠子的才能眞不可低估。

15 爸爸的壽司

我從小吃爸爸做的壽司長大。在爺爺開的壽司店裡，他年輕時候幫過幾年忙。雖然後來改了行，手藝一直非常好。

每年幾次，爸爸靈機一動就說：「今天做壽司了。給同學們打電話去！」叫我們特別興奮。他沒有白受職業訓練；既然開張，至少要請幾十名客人來，讓大家吃好，才覺得過癮。

對一般東京人來講，壽司不是家常便飯：當有喜事，就舉家一起去專門店；或者家裡有客人時，叫舖子給送來。總之，誰也沒聽說過在家做壽司盡情吃到飽。

從中學到大學，好多次我都請朋友們到我家來吃爸爸做的壽司。哥哥弟弟妹妹也請自己的同學們來。媽媽則請鄰居親戚來。總人數接近一百；不很大的房子裡，到處都是人。

看到爸爸繫好圍裙，俐落地處理鮮魚切成刺身，馬上弄出來的多種壽司個個都美如寶石，沒有人不拍手稱好的。不必說，放在嘴裡吃一口，大家更豎起大拇指來說句：「一級棒！」

當年，爸爸還年輕力壯；從下午到晚上，爲那麼多人不停地做壽司也不覺得累，反而很開心的樣子。這一天，他能叫那麼多人高興，無疑是大家眼裡的大明星了。

後來，孩子們一個接一個地獨立，父母年紀也逐漸大起來。最近，每年只有一、兩次，大家到父母家聚在一起吃爸爸做的壽司。他已經過了七十歲，爲全家十幾個人做好了壽司會覺得累，坐下來喝杯清酒就容易醉了。

對我們來講，獨立成家以後，爸爸做的壽司顯得更加寶貴了。因爲在外面吃，價錢不俗，很難吃到飽。可是，到迴轉壽司店、外賣專門店等大眾化的舖子去，大多做得很馬虎，令人很失望。

壽司看起來簡單至極。實際上，從選購材料開始，調米飯，到處理各種海鮮，每個階段都需要專業訓練的。不同的魚類，有的要醃，有的要烤，有的要蒸。全部做好了準備以後，拿到客人面前，用柳葉刀一個一個地切成片，跟溫度、形狀、大小都恰好的飯糰結合在一起，才做好完美的壽司。當客人的，先享受眼福，然後享受口福，眞是幸福極了。

如今，既然很少吃到爸爸做的壽司，我得想出其他辦法了。

16 堂兄弟的壽司

東京JR中央線立川站北口，高島屋百貨斜對面的「新井壽司」是我家親戚開的。

爸爸的大哥德衛伯伯，年輕時候離家出走，隻身來到的西郊立川，當年有美軍基地。他在南口一家壽司店當幾年徒弟，娶了老闆的姪女以後獨立。一九五〇年代末，於北口開張的「新井壽司」生意很成功，如今算是老字號了。

十多年前，伯伯中風導致半身不遂，好在三個孩子在父親的舖子裡做事。我堂哥堂弟都當了壽司廚師，也就是從爺爺一代起，已經第三代；堂姐則是離婚回娘家後，做接待主任。

前些時，日本政府收回美軍基地，修建了巨大的昭和紀念公園。立川車站附近都徹底改頭換面。高島屋和伊勢丹兩家高檔百貨店開了分店。多摩都市單軌鐵路開通以後，越來越多人來這兒購物吃飯看電影。如今在東京的新宿以西，最多人利用的火車站就是立川站了。

伯伯開的「新井壽司」本來位於車站對面，現在有伊勢丹的地方。爲了建設百貨大樓，當地小店被迫遷址。幸虧，隔幾年重新開張的舖子，有很多忠誠的老顧客光臨以外，還吸引更多年輕一代客人。

壽司是老江戶傳統口味，至今名店集中於東京市區。在郊區以及外地，很少能吃到地道「江戶前壽司」的。立川的「新井壽司」，因爲創辦人德衛伯伯在東京市區成長，大都會氣氛相當濃厚，在郊區顯得很突出。

我跟立川的堂兄姐弟們，小時候偶爾在祖父母的法事上見過面，後來幾乎斷絕了來往。前幾年，我結婚定居下來的地方，碰巧離立川很近。於是，有一天帶老公去了「新井壽司」。在櫃台邊坐下來，看面前的廚師，果然是多年沒見的堂弟。他跟我不僅同歲，長得很像，而且名字也差不多一樣。堂弟叫新井一三男。「啊，一二三來了！」人家看見了我就馬上喊出來。

讓我印象特別深刻的是二三男做的壽司。形狀味道都跟我爸爸做的一模一樣。後來，我吃到了他哥哥的壽司，還是完全像的。由爺爺開始，經過伯伯爸爸，到堂兄弟，「江戶前壽司」的傳統手藝一直繼承發揮。

我也該有同一種基因吧？為甚麼不能做？靈機一動，我親手做起壽司了。

17 異鄉的壽司桶

最近帶全家大小去台灣，有一晚在宜蘭縣礁溪溫泉的涮涮鍋店就餐。婆婆看到伙計送副菜來的盆兒，很吃驚地喊出一聲：「這可不是壽司桶？」

上了漆的木製容器，無疑是日本壽司店用的那種。台灣涮涮鍋參考日本火鍋（源於中國北方），店裡設計有些和風，用起日式餐具來並不奇怪。婆婆之所以吃驚，是由於在本國專門用來盛壽司的盆兒，在台灣卻用來盛蔬菜的緣故。好比日本的料理店把沙拉放在蒸籠裡，引起華人顧客的疑惑。

在日本，壽司店用的上漆盆兒，不僅一般家庭沒有，而且在普通餐廳也看不到。除非去業務用品店集中的東京淺草河童橋等地，恐怕找也找不到。

我家廚房有大小兩種壽司桶共八個，可以說是滿特別的情形。幾年前父親給我的

那些壽司桶，本來是東中野「朝日鮨」訂做的；裡面印有店名和電話號碼。

「朝日鮨」是爺爺創業的壽司店，父親年輕時候也幫過幾年忙。我小時候，還住在鋪子後面；模糊地記得，一到晚上就有很多人坐在櫃台邊吃喝，場面很熱鬧華麗。當年的東中野是個時髦的地區，東京剛開始建設的西式公寓吸引廣告設計師等新興階級；壽司店的常客中，不缺乏落語家、爵士音樂手等娛樂界人士。

後來由父親的弟弟常男叔叔繼承的「朝日鮨」生意一直非常好。他和叫阿秋的徒弟往往忙不過來。若非上世紀末的日本出現泡沫經濟，叔叔被捲入房地產投機潮，相信「朝日鮨」一定會跨世紀興隆。

但是，有一日我接到父親來電得知，鋪子不僅早已關門，而且叔叔也下落不明。人破產，店給拍賣，最後由父親出錢買下了「朝日鮨」。

他回出生之家親手清理才發現，還有很多全新餐具，訂做之後從來沒用過。因而分給我的壽司桶質量特好很漂亮，若不用則太可惜了，何況印有爺爺創業，叔叔繼承的家業商號。

我開始在家做壽司，是在領下了那些壽司桶以後。說起來也奇怪，我從來沒學過，也沒有練習過，但是似乎耳濡目染不學自會，做出來的壽司如今很受家人歡迎。

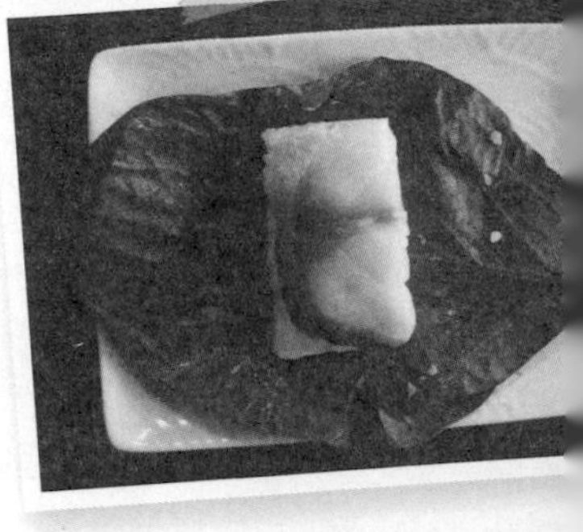

18 柿葉壽司

大阪南方的奈良‧和歌山縣山區，沿著吉野川‧紀之川的一帶，有種傳統食品叫做「柿葉壽司」，是東京買不到的。我每次去關西，回來之前，一定在新幹線新大阪站買一盒。

火車一開動，打開蓋子就看到，盒子裡塞滿著好多綠色小塊，大小跟兩個方糖差不多。這種壽司是一個一個用柿葉包住後加壓過的。吃的時候，拿掉葉子，才出現上面放了醃鯖魚片的小飯糰。放進嘴裡，味道清淡，卻有深度。米飯吸收了鯖魚的油分，稍鹹稍甜恰到好處，不需要沾醬油直接吃就行。

吉野川‧紀之川一帶是全國著名的柿子生產地，居民自古知道柿葉有保存食品的作用，是單寧成分所致。

在山區，從前買不到海鮮，溯江而上的商人帶來的醃鯖魚，鹽分特高鹹得要命。然而，切成薄片跟飯糰一同用柿葉包住加壓，就變成特級美味。每逢節日，舉家一起做「柿葉壽司」，是當地已持續幾百年的傳統習慣。

日本文壇的頭號老饕谷崎潤一郎，在一九三三年發表的名作《陰翳禮讚》中，介紹過吉野山間口味「柿葉壽司」的作法，是用醃鮭魚做的。他說：大米加清酒煮熟，等完全冷卻，用乾手做鹽飯糰；醃鮭魚薄片放在飯糰上，用乾燥柿葉包住；塞進盒子裡蓋住並以石頭加壓；第二天，吃的時候，沾點蓼醋。

谷崎寫道：這樣子，醃魚肉絕妙地恢復生吃時候的柔嫩；鄉下人的味覺竟比都會人可靠、奢侈。其實，吉野曾在十三世紀是日本南朝的所在地，有洗練的飲食文化並不足爲怪。

最早期的「柿葉壽司」是花兩、三天慢慢發酵的保存食品，氣味很濃。谷崎寫的時候，已見速食化的趨勢。今天，「柿葉壽司」的基本作法跟關西地區的「押壽司」相似了。但是，材料仍舊以醃鯖魚爲主，鮭魚爲次，幾乎不用其他魚種。最大特點始終是柿葉的保存作用：常溫可以放三天。

當地素有收集澀柿葉，鹽藏，通年使用的習慣。然而，「柿葉壽司」商品化以後，需求大大增加；如今要從韓國、中國、南美等地進口了。「柿葉壽司」沒有普及日本全國，也主要是葉子數量有限的緣故。剝開綠油油、完整漂亮的柿葉吃壽司，既是眼福又是口福也！

19 王子的母親

日本天皇的二公子秋篠宮家最近添了一位王子。雖然皇太子家和秋篠宮家已經共有三個公主，然而王子是第一個。由於日本法律規定天皇的地位只能由直系男性子孫繼承，之前大家很擔心兩代之後皇室會沒有繼承人。這次小王子出生，叫多數日本人鬆一口氣了。

當然也有不少日本人覺得古老的天皇制對現代民主社會不合適，沒有了繼承人乾脆取消它也罷了。只是傳統這個東西呢，取消是容易，要恢復特別困難，惋惜的人歷來超過一半。

新生王子的母親紀子妃，還在念大學的時候就跟秋篠宮訂了婚。她是大學教授的女兒，在兩房一廳的教員宿舍裡長大；非常平民化的形象從一開始就受國民歡迎。結婚後，她一邊念研究所，一邊生育了兩位公主。過去十餘年，四口子的家庭生活顯得很穩定，除非發生所謂「皇統危機」，大概就不會去想再生一個孩子了。畢竟，坊間曾有謠言道：舊貴族等保守勢力批判過秋篠宮夫妻，搶皇太子之先生兩個小孩多不禮貌。

秋篠宮的哥哥皇太子過了三十歲才娶到了合意的對象，乃哈佛畢業的前外交官雅子妃。結婚後很多年，他們好不容易有了一個公主。然後，雅子妃一直患心病請長假，這是人們期待她生王子的壓力所導致的。多麼殘酷的惡性循環呀。但是，修改法律讓皇太子的公主去繼承天皇職位，連皇家裡面都有幾個人出來反對。

今年初，每個皇家成員發表和歌時，秋篠宮和紀子妃的作品都以白鸛爲主題。這種鳥，據西洋傳說，是帶來小娃娃的。果然，一個月以後，紀子妃懷孕的消息傳出來了。顯而易見，三十九歲的紀子妃，爲了打破「皇統危機」，不惜生命地主動懷上了第三胎的。

日本天皇制的歷史，幾乎跟國家的歷史一樣長。不同於中國等其他國家，日本從未經歷過改朝換代。即使在中世紀，武士將軍輪流掌權的時期，至少在名義上，他們是一貫由天皇授權的。明治維新後的日本，則採用以天皇爲核心的君主立憲制；到戰後民主時代，皇室作爲國家象徵留下來了。

聽起來滿抽象的歷史，具體而言，全是不同的女性生孩子，延續血統的結果。在明治天皇時代之前，如果皇后不能生男孩的話，還有側室可幫忙。現在不一樣。皇家的主要功能之一是爲國民提供理想家庭的榜樣；當然沒有接受側室的餘地。也就是說，能夠爲天皇家生下後代的，只有皇太子夫人和秋篠宮夫人而已。

責任最大的皇太子夫人雅子妃患上心病，醫生診察出來的病名竟是「適應失調」；她對皇太子妃的特殊處境不能適應而出了毛病的。她的病假越請越長，慢慢過了生育年齡。身體不健康又已經四十二歲的人，今後生育的客觀可能性不高。

這麼一來，對紀子妃的壓力可大，也可複雜了。曾經有些人說，皇太子沒有成家之前，她搶先生下了兩個小孩子多麼不應該，多麼沒禮貌。後來，形勢大改變，連宮內廳長官都公開懇求秋篠宮夫妻考慮生第三個孩子。直接牽涉到私生活的事情，被人右議論左議論，實在是侵害人權至極了。但是，紀子妃不僅忍住，而且果敢地往前邁出了一步。

生殖是老天爺管轄的範圍；人爲努力的效果始終有限。紀子妃上次生二公主是十一年以前的事情，而且她自己的年紀也已到了三十九。能懷孕已算幸運了，王子出生的可能性至多二分之一。壓力多大呀！

這次的九個月，她過得挺不容易；中途發現有胎盤異常，於是提早住院，最後剖腹產下了孩子。據報導，他們夫妻不想事先知道孩子的性別，囑咐了醫生不要特地檢查。

幸好生出來的是一位王子。這樣說，實在有重男輕女之嫌。還是不如早一點修改法律允許公主繼承天皇地位。否則，皇家的女性太辛苦；沒人願意嫁進去；繼承人問題一代比一代困難。簡直就是日本社會少子化的象徵。

王子出生後，紀子妃承擔了新的責任：教育培養將來的天皇。從兩房一廳的教員宿舍來當天皇母親的，歷史上她是第一個人。是光榮？是勇敢？是可憐？此間很多人覺得她偉大。

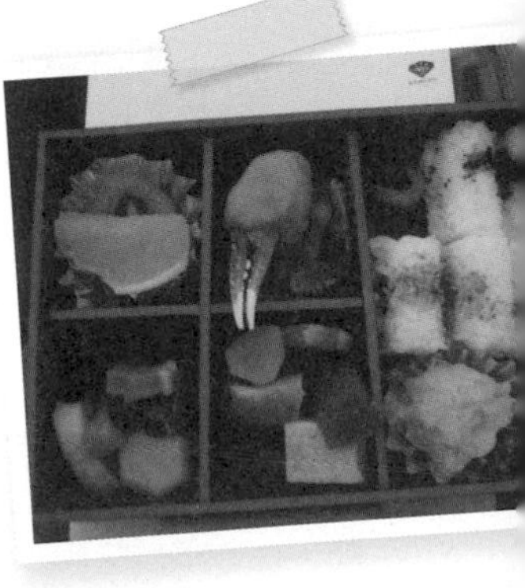

20 歌舞伎便當

日本的便當文化，明顯有「西高東低」的趨勢。無論是春天在野外賞櫻花時候帶去的「花見便當」，還是上長途列車之前買的「車站便當」，關西地區的總是比關東的華麗、好吃。

關西以京都、大阪爲中心，一方面有京都貴族文化的傳統，另一方面有大阪商人文化的遺產，伙食水準向來全日本最高。相比之下，關東地區的中心是東京，前身爲德川幕府的根據地江戶，是武士和匠人居住的城市。當地風味有壽司、天婦羅、蕎麥麵、烤鰻魚，全是本來攤販專賣的和風快餐。一道又一道菜上桌的宴會料理，反而以關西風味爲正統。

而便當呢，看起來像快餐，實際上卻不是。本來該一道又一道地上桌的宴會料

理，以袖珍形式塞進盒子裡的「迷你懷石」是最高級、最理想的日式便當。果然，懷石料理的故鄉關西佔上風了。

不過，這也不是說關東沒有好吃的便當。江戶時代中期的十八世紀，高級武士爲了互相應酬而光顧的「料理茶屋」曾風靡過一時。如今幾乎已絕滅，但奇蹟般地保留在傳統娛樂場所歌舞伎座內。跟中國的京劇一樣，日本的歌舞伎也是可以邊吃喝邊看的。爲了叫觀眾同時享受眼福和口福，「歌舞伎茶屋」至今提供極美味便當多種。

最近一個星期天，我搭地鐵到東銀座歌舞伎座，看了四點半開始的晚間演出。第一幕結束時，已經五點三刻，肚子稍微餓了。幸虧事先預訂的「幕間便當」已做好送到大廳來。拿回座位去打開盒子，小格子裡密密麻麻地擺著多種菜肴：炸蟹爪、紅燒鴨肉、竹葉魚餅、玉米天婦羅、燒雞蛋、綜合蔬菜（胡蘿蔔、香菇、芋頭、竹筍）、小飯糰（芝麻、紫蘇）、水果（奇異果、柳橙）等。眞是做得特別精緻，既漂亮又可口。東京中央火車站或者百貨公司賣的上千種便當裡，恐怕沒有一個比得上這個。

歌舞伎是江戶人最熱中的平民化娛樂，除了看節目以外，還包括飲食的樂趣。歌舞伎座不僅繼承著傳統藝術形式，而且保留著近代以前的看戲方式以及難得的美味，實在難能可貴，令人驚喜了！

21 日本七夕

中國古老的節日，傳到日本以後，往往跟當地原有的風俗習慣融合，逐漸呈現獨特的面貌，七月七日七夕節也不例外。

如今，陽曆七月初到日本的人，會看見火車站、學校、公司門口等地，豎立高達幾公尺的帶葉竹子，用彩色紙條、紙星、紙天河等裝飾的樣子。有時，還會看見旁邊擺的桌子上放有墨水、毛筆和空白紙條，爲行人提供順便寫一個心願後掛在竹葉上許願的機會。

背景音樂則是一首童謠就叫〈七夕〉，唱「竹葉刷刷，搖在簷前，星星閃閃，金粉銀粉。今年詩箋，我也寫過，星星閃閃，從天看下。」

我最早的記憶之一，便是爲了慶祝七夕，跟母親和哥哥在家中豎起一根細竹。在長條詩箋上，每人都寫一個心願。然後，把各色彩紙剪成星形，和詩箋一起掛在竹葉上。

小孩子的心願，本來都很單純：哥哥長大以後要做火車駕駛員，我則想學彈鋼琴。母親覺得我們不夠爭氣。「你們不想要甚麼嗎？像新的電視機，彩色的呢？」她成功地讓我們重新拿起筆來寫「祈求神仙送我們彩色電視！」

果然，那晚父親下班回家後發現，幼小的兄妹用拙劣的文字拚命寫的內容。雖然當年彩色電視還非常貴，不是平民輕鬆買得起的東西，但是他還是被小孩子天眞無邪的心願所打動，決定買二十吋的日立牌彩色電視了。是父親上了母親的當？今天回想，那說不定是他們夫妻溝通的方式。

很多日本人並不知道，但是七月七日許願的習慣，其實源自古代中國的「乞巧」。農曆七月七日夜晚，中國各地的女孩子們，都會穿針引線做些小工藝品賽巧或者互相贈送，並擺上瓜果向神仙乞巧。那習俗，公元八世紀已經傳到日本來了。

此間，本來就有一種神道儀式叫做「棚織（tanabata）」同在農曆七月七日夜晚進行，乃一個處女關在紡織房迎接神仙祈求豐收。兩種風俗結合以後，日本人開始把

「七夕」兩個字都念成「tanabata」，即跟「棚織」同音了。

牽牛和織女的傳說，好像也差不多同一時期傳到日本來。據史書記載，公元七五五年，當時的天皇就邀請眾貴族到宮廷來，一起觀賞天上的兩星會合後聚餐。京都貴族冷泉家至今繼承著日本古老的七夕節程序。到了農曆七月七日晚上，陳列瓜果並演奏絲竹音樂來供奉牽牛和織女，然後與會者坐在看似天河的白絲綢兩邊，輪流朗誦有關七夕傳說的和歌。

在武士當權的江戶時代（公元十七到十九世紀），德川將軍家每年都慶祝七夕節。七月七日豎立帶葉竹子的習慣，在那年代便開始了。據民俗學者的解釋：七夕的竹子跟新年擺在家門兩邊的松樹一樣，在傳統日本人的信仰系統裡起著「依代（yorishiro）」作用，即是請本來看不見的神靈附於事物上。

當年在將軍住所，豎起兩根帶葉竹子，並在中間拉上五色線條來；每人拿張長條詩箋，寫首和歌而掛在竹葉，有許願學問書法進步的意義。在院子裡設置的一對供桌上，放置蔬菜、鮮魚、水果。往盆子裡倒滿水，等到天上的兩顆星映在水面上，大家就對此祈禱。五色線條叫做「願絲」，拉起來以後向天上的兩星祈求，任何心願都在三年內會實現。

日本老百姓過七夕，也是在江戶時代開始的風俗。在細竹上掛起紙條和紙造裝飾品，夜裡向牽牛和織女祈禱後，第二天到河邊去使竹子漂走。

明治維新（一八六八年）以後，一般改在陽曆七月七日過七夕，後來由於對環境影響的考量，更不能往河裡放竹子了。但是，「寫好心願，掛在竹葉上，向星星祈禱」的基本儀式卻沒有變。在日本，連小孩兒都懂得祈禱七月七日晚上千萬不要下雨，免得牽牛和織女不能相見，因而自己的心願也不能兌現。

今天，聽到七夕一詞，很多日本人就想到仙台。每年八月五日到八日舉行的七夕節，規模全日本最大，吸引很多遊客到北方古城。反映著當地的悠久歷史，仙台的七夕裝飾五花八門而都有典故：紙衣服追溯到古代中國姑娘們的「乞巧」，風幡代表天河，紙錢袋則表示商人要多賺錢，因爲現在的仙台七夕節是一九二八年，當地商店的老闆們爲了吸引更多顧客而發起的。今天，不僅市內各地都垂掛著華麗漂亮的七夕裝飾，還舉行大家穿上棉和服「浴衣」參加的晚間遊行等；節目豐富別有情趣。

仙台七夕的成功影響了日本各地的商店街。現在，仙台（宮城縣）、一宮（愛知縣）、平塚（神奈川縣）三地的七夕節被叫做「日本三大七夕」，均在八月七日前後舉行。東京最出名的七夕節就是阿佐谷的，每年吸引上百萬遊客。此地離遊客常住的新宿滿近，如果八月初正巧在東京的話，不妨去看一看。

JR中央線阿佐谷車站南出口對面，有個叫「珍珠中心」的連環拱廊商店街，用珠母貝殼做的屋頂模仿著天河。彎彎曲曲綿延七百公尺之長的天河下，平時生意也很昌盛；到了八月初的七夕節，不僅有好多巨大的紙造裝飾品從天花板垂掛下來，而且在路邊舉行爵士音樂節等多項節目，氣氛熱鬧非凡。

不過，總的來說，跟類似原始人狂歡的春天「花見」比起來，夏天的七夕是相當清靜的活動。牽牛和織女的愛情傳說，至今打動很多人的心。大家滿關心每年的七月七日，老天爺作不作美使兩顆星一年一次的約會順利地完成。另一方面，從竹葉掛下的心願中，有不少也是有關愛情的。古今中外，最私密最強烈的心願，始終跟感情分不開。

今天的日本人，已經幾乎失去了過中秋節的習慣。古老的七夕節卻依舊存在，爲大家提供夜裡觀賞天上的星星，同時心中許願的難得機會。

22 芋燒酎

過去幾年，日本非常流行「芋燒酎」，這是用甘薯釀造的白酒。這種酒，只在南部九州生產，鹿兒島縣的「芋燒酎」尤其出名。

從前在東京，「燒酎」是專門屬於勞工階級的酒。在廉價居酒屋的櫃台邊，往裝滿烈酒的玻璃杯裡，放入梅乾或檸檬片，一點一點珍惜啜飲的老先生，往往是全身曬黑，滿臉的皺紋，頭髮亂蓬蓬，穿著縐巴巴的工作服。

誰料到，忽然間，首都最時髦的酒吧都開始推銷高級「燒酎」了。據說，以前在東京流通的是小麥、大米等做的種類。然而，在生產地九州，等級最高的向來是用名產甘薯釀造的「芋燒酎」，主要是香氣不同，甜甜蜜蜜的。

記得有一次，老公回家告訴我：那晚出版社編輯帶他去了澀谷附近的住宅區，連

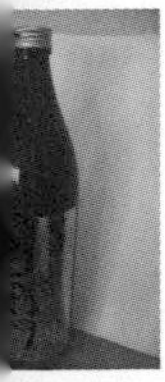

牌子都沒有掛的一家會員制俱樂部。走進設計精緻的店裡去，單子上寫的全是九州產「芋燒酎」，種類多達幾百。價錢貴得離譜，一小杯接近一千日圓，但是味道確實突出，讓他想起曾在香港文華酒店頂樓酒吧邊吃魚子醬邊喝的高級伏特加酒。

「芋燒酎」的度數大約二十五度，其實遠不如伏特加的四十度。而且，我後來得知，九州人一般是在「芋燒酎」上加開水喝。不，不，這樣說就不對了。因爲九州人是一定先倒熱開水，然後再加「芋燒酎」的；水和酒的比例該是四比六，也就是日語所謂的「六四湯割」最好喝。

我家附近的酒店也馬上開始出售各類「芋燒酎」了。種類很多，價錢的差別相當大。有些一瓶（九百毫升）不到一千日圓，但味道挺不錯，還得過首相獎甚麼的。有些卻貴十倍，主要是稀少所致。燒酎廠規模不大，個別的產品在市場上大受歡迎也沒辦法馬上增產。結果，一些「芋燒酎」不容易得到，對酒迷來說更加寶貴，付多少錢都要喝一口，使得價格越來越高。

如今在我家，除了一年四季都喝啤酒、紅酒以外，春夏晚上喝冷清酒，秋冬則喝「六四湯割的芋燒酎」了。尤其入冬後，邊吃日式火鍋邊喝起來眞是極樂，而且絕對不會宿醉，實在值得向大家推薦。

23

布拉格歌劇院

很多人都說布拉格是全世界最美麗的城市之一。我好久前去了一次，至今念念不忘那座浪漫的中歐古城，尤其想念布拉格的歌劇院。

當年我住在加拿大，常有機會在多倫多，或赴紐約鑒賞歌劇演出。不過，眞正嚐出這類藝術之滋味來，乃去歐陸旅遊之際。跟中國的京劇、日本的歌舞伎一樣，歐洲歌劇也是整體性的娛樂；不僅節目本身，而且演出環境和在場觀眾，也是滿重要的構成因素。

巴黎、維也納、布達佩斯、翡冷翠，都有壯麗的歌劇院；捷克首都那一家在我印象中特別突出，一個原因是周圍有好多坡道。布拉格是充滿立體感的城市。往一個方向上坡，忽而看見教堂的尖塔；往另一個方向走下去，突然發現中世紀的廣場。那晚，我上坡道抵達時，正逢夕陽時刻；古老的歌劇院坐在橙色光線的懷抱中，跟做夢一樣漂亮。

歐洲歌劇院猶如比利時巧克力的禮盒。多層包廂一個一個都用精緻雕塑、豪華綢緞鑲邊，反射著枝形吊燈的光閃閃耀耀，令人對即將開始的演出充滿無限期待的樣子，挺像金紙、銀紙包住的手工巧克力，還沒打開之前就令人饞涎欲滴一般。

進場的觀眾，男女老少都身著悅目盛裝。有一個不到十歲的金髮男孩，穿著禮服、繫上蝴蝶領結，陪伴看起來像他母親的中年女人，一副特別緊張地模樣走進來了。原來，歐洲紳士是如此培養出來的。被當作大男人，登場於大人的社交娛樂場所，小男孩自然不會調皮，反而要一定學會適當的禮節與舉止。

大廳櫃台賣的飲料以香檳酒爲主，小吃則是魚子醬三明治。當時，捷克的物價是北美的五分之一。吃爆玉米看電影的錢，足夠喝香檳酒吃魚子醬看歌劇的。

在那兒，演者和觀眾的關係特別熱情。每一場完畢，都有好多次 curtain call。結果，一次演出花好幾個鐘頭，到了深夜才結束。

很遺憾，那晚我要坐夜車離開布拉格，非得中途退場。走出來下坡道，回頭看的歌劇院，被淡墨色夜晚抱住著。這時，忽而雲現新月，微微的光線射到古老建築上。那畫面，簡直是卡夫卡的幻想。

24 布達佩斯溫泉

我愛溫泉；不僅在日本、台灣，而且在世界各國都走了好多處溫泉。難忘的溫泉不少，其中之一便是匈牙利首都布達佩斯的溫泉。

很多日本人深信溫泉浴是國粹，外國人沒有裸體泡溫泉的習慣，但那是大錯特錯。西方人自從羅馬帝國時代開始熱愛溫泉浴；英國有個小鎮叫做Bath，就是當年著名的療養地。我在倫敦逗留時候，特地去了一趟Bath，除了參觀公共浴池古蹟外，還喝過歷史悠久的溫泉水。

以蒸氣浴室世界聞名的土耳其，我至今沒有機會訪問。不過，聽說，布達佩斯的公共浴池就是土耳其佔領時期遺留下來的（溫泉本身則追溯到羅馬帝國）。看壯大華麗的圓頂建築和幾何花樣的瓷磚裝飾，確實充滿著中東伊斯蘭文化氣氛。

在博物館一般的浴池內，白皙皮膚、褐色頭髮的匈牙利姑娘們，赤裸裸地邊泡湯邊聊天互相潑水逗樂的場面，簡直跟一幅西洋油畫一樣美麗。她們的笑聲在圓頂下回響而留下永不消失的回音，溫泉冒出來的蒸氣把一切都包在紗幕中。我全身泡在中歐大地湧出來的熱水裡，幾乎恍如夢境了。於是跳進旁邊冷水池，感覺爽快得好比成了多瑙河中的一條魚。

布達佩斯也有男女老少穿著泳衣一起利用的溫泉公園游泳池。有趣的是，匈牙利的老先生們特別喜歡邊泡湯邊下國際象棋。水面上浮著塑料做的大型棋盤；胖嘟嘟半裸體的白種老年人抱著胳膊在考慮下一步怎麼走；周圍旁觀的又都是胖嘟嘟半裸體的歐洲老人；雖然水溫不很高，但是他們的身體還是慢慢變成粉紅色——看起來眞幽默極了。

歷史悠久的溫泉療養地，按摩技術的水準也自然很高。我在布達佩斯溫泉，試了「擦粉按摩」和「溫水按摩」各一次；結果，「溫水按摩」尤其過癮，好像是溫泉水包含著甚麼神祕的成分。

總之，布達佩斯走享樂主義路線，讓人盡情追求感官上的樂趣。洗完澡出來後，先到豪華的奧地利式咖啡館嚐嚐精緻的維也納甜品；傍晚在葡萄酒吧邊聽吉普賽音樂邊用餐；然後，從容不迫地去市內好幾家歌劇院之一觀賞表演到午夜，可以說是我理想的度假方式。

25 上諏訪溫泉

上諏訪溫泉位於日本長野縣，離東京新宿坐中央本線SUPER AZUSA快車，兩個小時十分就到。這個溫泉有很多優點。首先是水質好、水量豐富。剛下了火車，就在月台上，能夠邊看火車邊泡腳的車站，全日本也沒有幾個。而且上諏訪車站的「足湯」是免費的。

其次，溫泉旅館街離火車站很近，不必搭計程車，從火車站西口走出來，幾分鐘就到了。沿著美麗如畫的諏訪湖林立的飯店、旅館中，不乏百年老店。作家們愛光顧的布半（NUNOHAN）是一八四八年創業的和式旅館。

名氣最大的諏訪湖飯店（SUWAKO HOTEL）則是「皇室御用」的西式飯店。天皇、皇后，各界很多名人下榻過的貴賓房叫做「菊間」；除了幾個和式房間與專用扁柏木浴池以外，還附設西式客廳、酒吧和餐廳，也就是能夠輕鬆舉辦小型派對的寬闊空間。我上次跟家人共六個人住「菊間」，包括早餐、晚餐的一晚房租是十二萬日圓（約合三萬五千元台幣），可以說相當合理。加上日式晚餐做得非常精緻，連餐具都選得特別細心；早餐則有西式和日式兩種，用諏訪湖產蜆做的味噌湯尤其美味。這家飯店是以繅絲業聞名的片倉財閥經營的，隔壁還有華麗的公共浴池片倉館。

一九二八年，片倉繅絲廠爲了女工福利而建設的片倉館是德國式磚頭建築，裡面有男女兩個「千人風呂」，乃大約一米深的長方形大浴池，底部鋪著圓石子。在二樓餐廳兼休息處，能吃到當地名產蕎麥麵條，也能喝到諏訪湖啤酒。片倉館的顧客中，除了遊客以外，當地居民也相當多。充滿西洋古典味道的公共浴池，在日本是很少見到的，在我印象中，最像的是台灣的北投溫泉浴場（現北投溫泉博物館）。不過，北投一家更老，一九一三年建造的浴場，可惜早停止營業。

長野縣在日本素有「教育縣」的名聲。到上諏訪溫泉待了兩天就能證實：果然名不虛傳，文化氣氛確實相當濃厚，這應可以說是第三個優點了。片倉館旁邊的諏訪市美術館，本來是片倉家於一九四三年蓋的懷古館；如今全年展覽著當地出身美術家作品以及馬蒂斯、羅丹等大師的繪畫、雕塑。

26 日本御食國

志摩半島（三重縣）位於日本中部。若從東京去的話，先坐新幹線到名古屋，然後搭近鐵伊勢志摩特急，總共約四小時的旅程。雖然稍遠，但很值得去，因爲這裡的海鮮非常可口，風景又特別優美。

我是幾年前「發現」了志摩半島的。跟一群親戚去伊勢神宮參拜，順便到附近的海邊度假區鳥羽住宿。日本神道的本宗伊勢，乃歷來受老百姓歡迎的觀光地；除了好多名勝古蹟外，還有當地獨特的食品多種，如：伊勢烏龍、鰹魚手拌壽司、赤福餅。位於志摩半島東北角的鳥羽，則爲世界著名的珍珠商御木本（Mikimoto）的老家，海上處處看得見養殖珍珠的筏子；站在上面的「海女」們一會兒跳進水裡去採珠。附近也有很多小島能搭船過去；其中之一便是三島由紀夫的小說《潮騷》的背景神島。總

而言之，吸引力相當大；我開始從此每有機會就去一趟。

志摩半島的歷史跟伊勢神宮一樣悠久。從前去伊勢參拜的人，先到鳥羽西邊的二見浦洗個海水浴，等於禊。那裡有一大一小兩石頭，中間拉著繩子。「夫婦石」爲遠處海中的「興玉神石」，有著天然牌坊的作用。附近的「御鹽殿」至今沿用古代方式製作獻給伊勢神宮的鹽。

今年夏天，我則先到二見浦，然後從鳥羽一直往南到志摩半島的南端大王崎去。以白色燈塔爲象徵的偏僻可愛小漁村，自古有「御食國」的別名；從公元八世紀的奈良時代起，此地產海鮮如鮑魚、伊勢蝦、鰹魚等統統上了天皇家的飯桌。

鮑魚在日本傳統文化裡有與眾不同的地位：剝成長薄片後乾燥壓扁的「熨斗鮑」是神道儀式中不可缺乏的供物，曾被當作不老長壽藥；至今日本人互相送禮時，一定要貼張叫「熨斗（noshi）」的紙條，是過去的「熨斗鮑」卻只留下象徵意義的。至於伊勢蝦（小型龍蝦），則是囍宴上常見的吉祥食物。在日本，兩者均以志摩生產的爲最佳品；嚐一嚐就知道爲甚麼了。把伊勢蝦、鮑魚當刺身來生吃，口感特嫩，味道很甜，讓人聯想到指海鮮的法語詞「大海水果（fruits de mer）」。

我們投宿於大王燈塔下的民宿八千代，窗戶外邊就有大海。老闆是漁民兼廚師，親自做樸素的海鮮料理。鮪魚、鰹魚刺身；烤大蛤蜊、海螺、扇貝；紅燒笠子魚；炸中蝦；海草味噌汁等，全是當地當天的產物，無比新鮮特別好吃。小地方民宿的費用，連住宿附兩餐八千多日圓（約合台幣兩千五），跟在東京吃一頓好飯的價錢差不多。

大王崎的海景實在美麗，果然有很多畫家從各地特意過來。在漁港、海灘上、燈塔邊、公園裡，到處都有人畫畫。其中不少是各地中學美術社團的成員。有人專心畫防風石垣；有人畫在網上擺著賣的小魚乾。下次我也一定要帶畫具來；花時間沉默地面對大海，畫畫大概是最好的方法。

本來還想再多待些時候，不過第二天的住宿已定在志摩半島最西端的御座岬。走之前，買個珍珠項鍊當紀念品。坐公車，從大王崎到御座岬要四十多分鐘。途中經過的幾個漁村，都是很多小房子挨門密集蓋的；很像我曾經在華南、澳門、香港長洲等地看到的漁村。

御座白濱，被政府環境省選爲「日本的海濱一百」之一。長長的弓形白沙灘，藍色的海水完全透明，看得見游泳中的小魚，也看得見海星或小貝噴出水，隔著風平浪靜的英虞灣，對岸是綠色的濱島。離大城市遠，遊客也不多。可以說是理想的海邊。

我們到沙灘上邊的志摩觀光農園露營村辦住宿登記去；有些人開車來搭帳篷住，我們則訂了山上的小木屋，具備被褥、洗臉台、空調、電視機。屋外的專用燒烤爐子和桌椅上，搭好簡便帳篷，旁邊設有全檜木的家庭浴室，眞是應有盡有。而且隔著果樹林，望得見下邊的沙灘。太棒了！

孩子們恨不得跳進海裡去。到了大自然中，他們不需要任何玩具，也不需要大人陪伴，自己便能玩個痛快。乾乾淨淨的沙灘上，不用穿涼鞋；我差點忘記了赤腳在濕沙子上走的感覺。我都直接走進海裡去，慢慢游一下，然後翻身過來仰面朝天浮在水中，感覺眞好。

那晚吃的燒烤，可不是一般的豬牛羊雞或香腸，而是大量活生生的海鮮：在炭火上，扇貝簡直如響板一般地自己打響著，海螺則吹出泡沫來，大蛤蜊則偶爾伸出舌頭來。若在商店裡買的話，一個一個都是昂貴的貨色；當地人在自己家後邊的海裡撿，就不用錢。日本的大海自古以來屬於漁民。

當太陽慢慢往水平線降下的時候，坐在能俯瞰沙灘的山林裡，邊炭烤新鮮貝蝦，邊喝著啤酒慢慢吞下；反正，吃再多也吃不完。這是在東京絕對享受不到的境地。

從御座岬，有高速船往近鐵起點站賢島去。以二十多分鐘的旅程，貫穿日本最美麗的英虞灣；岸邊沒有任何工業設施，自然狀態保持得很好，方能產生豐富的海鮮和迷人的珍珠。

志摩半島，我一定要再回來很多次。

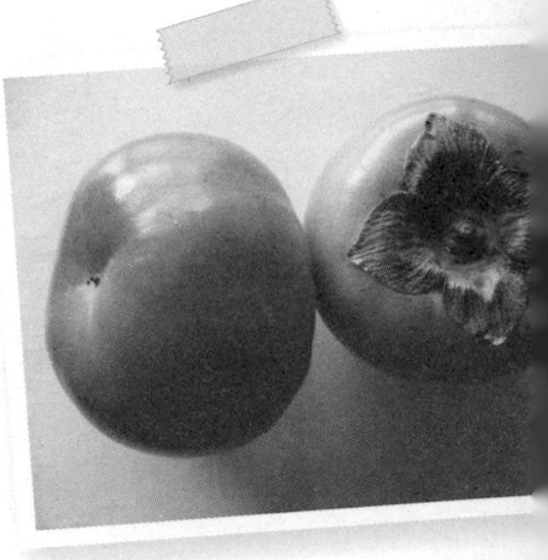

27 富有柿

每年秋天，我家收到一箱又一箱的甜柿，今年共收到了五箱，是住在和歌山縣九度山町的親戚寄來的富有柿。這種柿子外形很豐滿，皮兒特別光滑，吃起來汁多，非常甜蜜美味。雖然日本各地都有栽培，九度山產富有柿的質量爲全國之首。

九度山在大阪南邊，坐南海電車高野線大約一個多小時的山村。近年被指定爲世界文化遺產的「紀伊山地靈場以及進香路」，就是從這裡開始的。

公元八世紀，遠赴唐長安學佛教密宗回來的空海（弘法大師）在紀伊半島高野山上奠基了金剛峰寺，至今爲日本眞言宗的中心。他母親從故鄉四國老遠過來想看兒子的事業，可是當年的佛教設施是不許女人進入的。她只好留在山腳的伽藍。孝順的空海每月九度走二十公里路下山看看母親，因而此地叫做九度山。母親去世以後，爲她建設的廟宇慈尊院，稱作「女人高野」，多年來吸引日本全國的女信徒。

已故女作家有吉佐和子生長在和歌山縣，對當地歷史很熟悉，寫出長篇小說傑作《紀之川》，仔細描述了近代初期的農村女人的生活。我讀後印象最深刻的是，那一帶的女人有喜時，親手用白布做個乳房模型帶到慈尊院去貢獻，祈禱順產、乳汁豐富。我公公、婆婆都在高野山腳長大，雖然念完書後到大阪工作、成家了，但是老家還有很多親屬。我結婚前後，到過九度山掃墓也拜訪婆家人；後來兩次懷孕時，還效法製作乳房模型寄到慈尊院。

老二恰巧在十一月出生，我從產科醫院帶她回家時，正好有一箱富有柿由九度山寄過來。於是把寫了新生兒名字的紙條貼在圓圓的柿子上，一個一個地分給了朋友、鄰居，結果大受歡迎。也許，那則消息鼓勵了親戚們；老公的舅父、姑母、表姐等寄來的份量逐年增加。好在九度山產富有柿是人人愛吃的著名果實。

每年十一月，我都扮演提早一個月的聖誕老人；帶著重重的柿子，把「家鄉寄來的富有柿」送給好多人家去，看到好多笑容，也聽到好多「謝謝」。這大概是貢獻給慈尊院的乳房模型帶來的福氣吧？

28
奶油濃湯

我屬於吃著速食品長大的一代日本人。小時候，母親給我們做的飯菜，很多都利用了半成品的。日清食品的「雞湯拉麵」加了個雞蛋和兩張紫菜，便是一頓週日午餐。父親不在時候的晚餐，則是「石井漢堡」在平鍋中熱一熱就完成了。

當年，早餐飯桌上的明星是「Knorr濃湯」。十九世紀末德國人開辦的速食品公司，一九六〇年代跟日本「味之素食品」成立合資企業，在我兩歲時出售了五種西式湯品：蘑菇湯、雞粒奶油湯、洋蔥奶油湯、雞肉麵條湯、牛肉麵條湯。人氣最高的是奶油湯，因爲日本小孩子之前沒有吃過西方風味的濃湯。

我們的母親根本沒有西餐的烹調技術，於是一點也不忌諱引進速食半成品。撕開紙袋子，把黃色粉末放進鍋裡去，加水煮一會兒，馬上出現糊狀濃湯。當時的日本人認爲這就是做西餐的正式方法。跟塗了人造奶油的烤麵包一起吃，感覺實在美極了。

到底好不好吃，我們其實沒有認真考慮過；只要是西方的東西則一定先進。那是天真無邪的經濟高速成長時代。

高中時候，有一天，我在同學家吃到了特別好喝的玉米湯。她母親說是美國Campbell公司的罐頭濃湯，只要加杯牛奶就行的。在七〇年代的日本，美國商品賣得很貴。我不敢要求母親爲我們買Campbell公司的罐頭，只是強烈地羨慕同學家經濟條件寬裕。

十年以後，我住在加拿大多倫多，罐頭湯是超市經常拍賣的廉價商品。至於小時候的明星食品「Knorr濃湯」，則是政府福利部門爲窮人分配的救濟物資。

今年冬天在日本，西式濃湯特受歡迎。快餐店推出好幾種，超市賣的現成、半成品種類多達天文數字。看著電視廣告，我孩子們都大喊「要吃cream stew！」

於是，我把鐵鍋放在爐子上，炒一下雞粒、洋蔥、胡蘿蔔、馬鈴薯，然後加水、香料煮一會兒，最後倒入牛奶以及事先混合好的麵粉奶油。所需時間才二十分鐘，香噴噴的正宗奶油濃湯就完成了。實在不可思議：爲何當年顯得那麼神祕、高級、遙遠？

29

落花生與毛豆

我小時候，父親的下酒菜全年只有兩種。秋天、冬天、春天，他都吃落花生，夏天則吃清煮毛豆。

父親傍晚下班回到了家，就在飯桌一端邊坐下來，看著報紙，看著電視，開始喝啤酒。他酒量不怎麼大，每晚跟母親分一大瓶啤酒喝罷了。即使心情非常好，也最多開到第二瓶。

當年我家的習慣是大人和小孩分開吃晚飯，孩子們先就餐，等母親忙完坐下來之後，父母才拿起筷子的。父親的等待時間會相當長，平均一到兩個鐘頭，他都半躲在攤開的報紙後面，慢慢喝下恐怕早已不冷的麒麟啤酒。

那時候，在他前邊總是擺著好大的盆子，跟洗臉用的差不多一樣大，只是材料不一樣。秋天、冬天、春天，在木頭做的盆子上裝滿著帶殼兒的落花生，夏天則在紅白玻璃盆子上裝滿著清煮毛豆。

父親說，落花生是千葉縣的最好吃。千葉在於東京東邊，是姥姥出生長大的地方，母親好多親戚都住在那兒。所以，父親提到千葉的落花生好吃，母親很得意似的。她從商店買來的烤花生，塑膠袋子大如枕頭，也保證給父親幾天內消費得乾淨。

吃落花生先要剝殼兒，稍微費事，因而合適當下酒菜。喝酒的人嫌嘴巴閒手頭閒，卻不見得要吃飽。夏天吃毛豆也是同樣道理；邊剝皮邊吃，既像工作又像遊戲，父親等孩子們吃飯的無聊時間，能容易打發掉。

大概是受了父親的影響，我長大以後很喜歡吃落花生和清煮毛豆。住在多倫多的時候，每週去唐人街買四川產的天府花生，味道香濃口感脆爽，美味極了。至於毛豆，在海外不容易找到新鮮的，平時只好到日資食品店買冷凍貨。其實，即使在日本，能買到新鮮毛豆的季節並不長，從六月到九月，一年裡才四個月而已。

於是，夏天在菜市場看到剛收割還帶根帶葉子的毛豆，我一定要買。回家後剪下一個又一個豆莢，馬上放進大量開水中。煮熟了，在熱騰騰的毛豆上撒把鹽，綠裡夾

白冒出蒸氣，叫我回到童年記憶裡去。當年，濕熱的毛豆代替乾燥的落花生，是夏天來到我家的標誌。

30 羊肉配薄荷醬

西式烤羊肉的吸引力，當然主要在於玫瑰色嫩肉；不過，薄荷醬（mint sauce）的魅力也絕不可低估。

羊肉配薄荷醬，估計是英國人發明的。猶如美國人吃烤火雞一定配紅色酸甜蔓越橘醬（cranberry sauce）一樣。

所不同的是：火雞本身味道清淡，除非配醬料，吃起來會沒意思。羊肉的情形恰巧相反；它本身味道特重，當配料的薄荷醬又極香極酸的相當強烈，兩者合在一起，好比是個性明顯的男女談戀愛；一開始衝突很大，後來卻熱烈地互相渴望彼此融合的結果，竟造成味道上的揚棄，奧伏赫變！

我第一次吃烤羊肉配薄荷醬，是在一個蘇格蘭裔加拿大朋友家。「你是日本人，我不敢請你吃海鮮。但是，烤起羊肉來，世界上沒有我們蘇格蘭人的對手。」說著，她從烤箱裡拿出一整條熱騰騰的羊腿來了。

由主人切成薄片後，跟「穿上衣的馬鈴薯（jacket potato）」一起往盤裡盛上，自己要些奶油胡蘿蔔四季豆，也撒上了肉醬（gravy）。若吃烤牛肉，則桌子上還一定有乳白色的辣菜根泥（horse radish）。但是，那晚朋友遞給我的，倒是深綠色的濃醬，散發著強烈的醋味。

「這是甚麼？」

「是薄荷醬啊。吃烤羊肉絕不能沒有的。」

我用調羹舀了一點，跟小塊羊肉一起放進嘴裡去。哎呀！香極了！這無疑是我在加拿大嚐到的最好吃的東西。就那樣，我迷上了烤羊肉配薄荷醬。

搬回東京以後，很難買到羊腿，加上家裡的烤箱不大，我只好買紐西蘭羊排了。把兩塊羊排用繩子繫成皇冠形狀，抹抹大蒜撒鹽胡椒，放進烤箱裡烤一個鐘頭。不久開始散發出烤肉的香味來，趕快得準備馬鈴薯和配菜，以及最重要的薄荷醬。

英國製造的瓶裝薄荷醬，東京一些進口食品店有賣，但是特意去找也太麻煩，最近我都自己做了。特地摘的新鮮薄荷葉子，切成了碎末就加白糖兩茶匙、果醋兩湯匙、少許鹽和一點熱開水，混合後放在冰箱冷卻即可。跟半熟羊肉一起吃，保證全身感官都發出歡喜的聲音來！

31 鰻魚

屈指想我喜歡吃的東西，首先是壽司，其次是牛排，然後則是鰻魚。

日本人普遍著迷於鰻魚。雖然台灣人、歐洲人都吃鰻魚，但是日本人吃得最多。每年五億條，全世界消費量的一半，給日本人吃掉。

小時候吃的是父親買回家的鰻魚便當，當時簡稱「鰻弁（unaben）」。在家等待的母親和孩子們一看到連鎖鰻魚店「登亭」的黃色包裝紙，就高興地發出歡聲來。暖暖的米飯吸收了甜甜的紅燒醬，跟軟軟的鰻魚肉一同放進嘴裡去，哎！好吃極了。

大學時期，被年長的朋友請到池袋鐵路軌道邊的專門店去，第一次嚐到了白燒鰻魚。沾著山葵（wasabi）醬油吃的烤鰻魚，別有味道，配冷清酒最理想。

日式鰻魚的烹調法，也就是紅燒（日本叫「蒲燒」kabayaki）和白燒（shirayaki）的兩種。前者可以單獨吃，也可以跟米飯一起吃。有人喜歡盛在大碗裡的「鰻丼

(unadon)」，有人則喜歡方木盒裡裝的「鰻重(unaju)」；後者用的鰻魚更多，至少一人一條，相對高級。

東京舊市區有不少老字號鰻魚店。神田火車站附近的菊川，在帝國劇場地下有分號。日本橋的伊勢定則在一些百貨公司裡開分店。有些食家說：荻窪站附近的幾家現在全東京水平最高。這些年，我都去過了，都覺得不錯。雖然價錢不便宜，但是從不覺得太貴，因爲吃鰻魚不是單純的飲食，而是全身性的享受。

這些鰻魚專門店是等顧客叫菜以後才開始處理鰻魚的。因此，等待時間會比較長。只是，在鰻魚店等待是人生最充滿期待的美好時光之一。坐在乾淨舒適的榻榻米上，喝著冷清酒吃點小菜，稍後開始聞到從廚房傳過來的香味，想像鰻魚慢慢烤熟的樣子，誰都會不由得微笑起來。

鰻魚的季節是夏天。尤其，暑伏丑日非吃鰻魚不可的習慣，據說是十八世紀的天才學者平賀源內開始的。本來只是幫商人推銷的廣告文而已，可是至今深深地扎根在日本人的生活文化裡。好比跟元旦的年糕湯、冬至的煮南瓜一樣，不吃就會感到不安。於是，十年如一日，這一天鰻魚店門前出現一年裡僅一次的人龍。

32 奇才與美酒

我在明治大學的同事黑田龍之助先生是不折不扣的奇才。他年紀輕輕就出過俄羅斯語、烏克蘭語、白俄羅斯語的詞典和參考書，也有語言學方面的專著。有一次，他在我家碰到了個波士尼亞朋友，很自然地開始用波士尼亞話（塞爾維亞．黑賽哥維那語）聊天，讓在座的其他人都目瞪口呆。

他夫人金指久美子女士是東京外國語大學捷克語系的副教授。兩人都愛學外語，每天起床以後做的第一件事情，便是喝著咖啡一起抄寫詞典。黑田先生最近在抄義英詞典，夫人則抄法英詞典。別人不理解箇中樂趣，奇才夫妻當然不在乎。

奇才外貌像少年，風格好輕鬆；在大學裡，常被誤認爲學生。他說話幽默，爲人可親，一點也沒有大學者的架子。聽說，他已故父親是落語（日本單口相聲）家，母親則是活躍的著名繪本作家；男女才人結合而產生的寶貝兒子，從小到大就是與眾不同。

過去一年，我每星期三中午都到他研究室去邊喝咖啡邊吃三明治。跟奇才聊天總是愉快。何況，他是常送給我好東西的。日本平安時代的女作家清少納言在隨筆集《枕草子》裡就寫過：世上雖然有各種好人，首屈一指的始終是送來禮物的人。黑田先生送給我的好東西：春天有半打寶石般美麗的枇杷；夏天有兩瓶捷克啤酒；秋天有三公斤新米；入冬後則有俄羅斯菜譜和三瓶果醬（洋梨、奇異果、花梨）。

最近，他們夫妻到我家，帶來了兩瓶白葡萄酒：分別爲聖馬力諾、格魯吉亞產的。我們夫妻也愛喝葡萄酒，稍微冷卻之後，連續開瓶嚐一嚐。聖馬力諾共和國位於義大利半島中部，乃人口不到三萬的小國。葡萄酒的味道也果然像義大利的；略微發泡，令人快樂。格魯吉亞則在俄羅斯和土耳其之間。黑田先生告訴我，舊蘇聯時代，在招待國賓的宴會上喝的一定是格魯吉亞葡萄酒。含在嘴裡，實在名不虛傳；非常高貴的香氣、完全獨特的風味。

看到我們恍如夢境的表情，奇才夫妻瞇一瞇眼睛說：「歐洲小國的白葡萄酒，有很多特好喝的。例如，盧森堡的眞不錯。」好讓人期待下一次！

33 文樂之樂

到大阪過年，樂趣頗多。其中之一，便是在國立文樂劇場看新年演出。

文樂（bunraku）是日本的傳統偶戲。十七、十八世紀的大阪，曾是全國經濟最發達的繁華都會，爲了娛樂富裕的商人階級，誕生了各種表演藝術。文樂起源於盲人琵琶手說書，後來加上了人偶，當年稱之爲「人形淨琉璃」。

一六八四年成立了竹本座的竹本義太夫，邊彈三弦邊說書的技術特別高，成了在大阪無人不知的大紅人。他跟天才作家近松門佐衛門合作，十八世紀初推出一種新節目，是把社會上剛發生的事件拿到舞台上演出的紀實劇。代表作品爲殉情故事《曾根崎心中》。到了十九世紀，淡路島人植村文樂軒成立文樂座而風靡一時，從此「文樂」成了日本偶戲的代名詞。

小說家谷崎潤一郎，中年發現大阪文化而酷愛至極。他尤其喜歡文樂，中篇作品《食蓼蟲》是從頭到尾圍繞著文樂的情愛小說。今天，位於大阪日本橋的國立文樂劇場附近，就有《食蓼蟲》的紀念碑。文中，有個老人家讓藝伎出身的年輕姨太太做精緻美味的便當而雙雙去劇場，邊吃邊看文樂表演的場面，滿有古早日本的美感。

國立文樂劇場奠基於一九八四年，規模不大也不小地恰恰好，內部設計充滿日本味道，出售便當和紀念品的小賣部又充實，並且附設展覽室，總而言之爲極其可愛的一個劇場。

每年一月三日，新年頭一次演出之前，在門外舉行「開鏡」儀式，當場開大酒桶，由文樂人偶親手倒給每位觀眾喝。站在外頭，用正方形木頭杯子喝冷清酒，感覺非常爽快吉祥，何況是文樂人偶親自倒的。

微醺地走進劇場坐下來。舞台右邊先登場穿著和服的三弦手，以及多名說唱家，跟著在正面開始偶戲演出了。文樂人偶相當大，由三個人合作操縱，其中兩人穿黑衣並蒙面，只有大師傅露著面。故事和台詞都古老，爲了幫助現代觀眾理解，舞台上邊放字幕。

不過，我覺得，鑑賞傳統藝術是整體性的經驗，明不明白情節並不重要。換句話說，喝了美酒，坐在舒適的劇場內，聽到傳統音樂，看到漂亮有趣的舞台藝術，即使不久就開始打瞌睡，都完全值得了！

34

沒有花兒的父親節

日本人於六月第三個星期日過父親節，跟英美一樣。二十世紀初，美國人仿照母親節開始感謝父親的慶祝節日，一九五〇年代傳到日本來了。

我小時候，父親節是一年一次爸爸來看孩子們上課的日子，在學校的年曆上寫著「父親參觀日」。早幾天，我們上美術課的時間裡用蠟筆、水彩畫好的父親肖像，貼滿在教室後邊的牆上，這是迎接嘉賓的室內裝飾。

平時放假的星期日，光是早早起床匆匆吃飯背著書包上學去都夠讓小孩子興奮，何況過些時候，父親要到學校來！由於家長要來參觀，不僅是同學們，連老師都有點緊張；穿著新買的衣服，好像前一天還特地去剪過頭髮似的。

第一節課開始後不久，有一些父親就進教室來。到底是誰的父親來了，大家都想知道得要命，但是老師事先跟我們說過很多次：千萬不要東張西望，要盡量做出自然的樣子。

哎！那是多麼不自然的狀況呀。孩子們還是趁老師在黑板上寫字之際，偷偷地回頭往後邊看，發現了自己的父親就做鬼臉揮揮手。父親還沒到來的孩子們則很不耐煩：（爸爸怎麼還不來呀，快來吧！）心中好著急地。

第一節課結束以前，教室後面已站著差不多全部同學的父親。因爲是休息日，幾乎沒人繫領帶。儘管如此，大家還是穿最好的一件衣服來，以此表示對學校和老師的尊敬。檸檬色、粉藍色、咖啡色、綠色、深藍色的POLO衫，配著黑色、褐色、米色、白色的高爾夫褲。孩子們看到自己的父親拚命打扮起來的樣子，個個都開心得笑嘻嘻。

當年也有單身母親養育的孩子，無論是生別了父親還是死別的。那些孩子們就請爺爺、舅舅等男性親戚來學校。因爲六月第三個星期日是「父親參觀日」，母親是不能出面的。

一九六〇、七〇年代的社會風氣，跟四十年後的今天截然不同。當時，每逢母親節，大家在胸前別上紅色康乃馨，只有媽媽已去世的孩子別上白色的；沒人說那是差別待遇，傷害人家的感情等。後來，風氣慢慢地變化。如今，日本的幼稚園、小學都不提到甚麼母親節、父親節了，爲的是免得惹麻煩。同學們的生活狀況實在五花八門，不再有固定的家庭模式。

過去的父親、母親每年都能收到孩子在學校特地爲他們畫的肖像、做的紀念品等，今天則沒有了。這麼一來，單親（或孤兒）同學不用覺得寂寞，但是全國的父親、母親們多多少少難免有些失落感，因爲在學校不被提醒，多數小朋友根本不知道世上有母親節、父親節，自然不會趁機表示感謝來。

「父親參觀日」也變成了「學校公開日」；不僅歡迎父親、母親、各位親戚，而且歡迎附近居民等廣泛的社會人士。這樣的作法當然有好處，也符合二十一世紀的時代環境。只是全國的父親同時受到特別待遇的日子，現在，連一年一次都沒有了。

學校跟母親節、父親節保持距離以後，這些節日不再屬於孩子，而專門屬於大人了。換句話說，是成年孩子給高齡父母送禮物的日子。

母親節的禮物，始終以紅色康乃馨爲主，另外也有母親喜歡的食品如巧克力，或圍巾、化妝品、包包等各式各樣。最近幾年，東京一些高級飯店開始推出「母親節母女雙人方案」，乃成年女兒和母親一起到飯店，吃盛餐、做美容按摩、逛名牌商店，在雙人房過夜後，第二天早上吃 room service 的美式早餐。這種方案價錢不俗，一般由女兒報名，母親結帳。整個過程，父親都插不上手；乖乖地一個人在家看著房子算是最大的貢獻。畢竟，這一天是母親節，大家該讓母親好好地享受呢。

相比之下，父親節的光景就寂寞得多了。連固定的花都沒有。書本上說，父親節該送玫瑰花，但是該送哪個顏色的玫瑰卻沒有統一見解；有的說黃色，有的說父親健在就送紅色，父親已不在則買白色的。

今年的六月第三個星期日，我乾脆去花店打聽了：「請問父親節該送甚麼花？」店員回答說：「父親節的花？沒聽說過。」我往四周看，果然這天生意很清淡，跟母親節大家搶買康乃馨給花店帶來一年裡最多銷售額的情景完全不一樣。

至於百貨店，雖然在門口邊顯眼的地方擺著領帶、襪子、扇子、威士忌等十年如一日的「父親節推薦禮品」，但是很少有人停步看。更不用說，沒有一家高級飯店推出「父親節父子雙人方案」來。在日本消費市場，父親節缺乏存在感，只能說是反映著父親地位之低落。

這一天，若有日本父親收到了禮物的話，很可能是體貼的太太私下準備好以後叫孩子送給父親的。顯而易見，在日本，父親的幸福與否取決於母親。只要家庭圓滿，沒有花也罷了，爸爸。

35 心病世代

據調查，在日本最容易患上心病的是三十世代。他們的責任遠比二十世代大，他們的權力卻遠比四十世代小；結果，三十世代感到的壓力最大，不少人患上憂鬱症等。

我有個朋友，本來是大電器公司的設計師。他喜歡設計小巧可愛的東西；二十幾歲時，一直擔任刮鬍刀的設計，感到很滿意。然而，到了三十歲，上層叫他做電視機部門的管理人員。從公司的角度來看，是提拔了他。從我朋友的角度來看，倒是大災難。首先，他喜歡做設計師，不喜歡做管理人員；其次，他對小型電器情有獨鍾，對大型電器沒興趣，何況這些年流行的液晶電視機都是方方的，一點沒有可愛之處。

朋友心中不高興，卻不方便開口說出來。畢竟對上班族而言，上司的指示等於命令。沒幾天，他早上起床時候覺得頭疼，在飯桌邊坐下來也沒有胃口，上了地鐵就覺得肚子疼，大約一個小時的通勤路上，幾次要趕緊下車而跑進洗手間。於是去了醫院，大夫就告訴他說是「自律神經失調症」，是工作壓力導致的。

妻子勸他請假休息。留在家中，病狀馬上好轉。可是，重新上班，又是同一回事。久而久之，他跟公司的關係逐漸變得疏遠，最後只好辭掉工作了十多年的大公司。我朋友能那麼做，是太太有自己的事業和收入，而且夫妻沒有孩子的緣故。若是家裡有主婦太太和幼小的孩子們，那怎麼了得？

可是，最近我也常聽到那樣的例子。本來，日本的三十世代是工作時間最長的。他們天天的生活往往是：早晨七點鐘孩子還沒起床以前，就匆匆吞下麵包牛奶上班去，晚上則工作到十點、十一點，回到郊區住家已經是午夜了。孩子早就睡著不在話下，連太太都打呼嚕。先生只好邊看報紙邊自己吃從便利店買來的便當。洗個澡鑽進被褥中，很可能是一點半、兩點了。然後，第二天早上又得六點多起床。過著這樣的日子，即使是本來身體滿健康的人也早晚會感到慢性疲倦，無論吃多少顆維他命都永遠不夠力氣。太太們除了擔心先生的身體以外，還擔心自己和孩子將來的生活：要是有一天丈夫病倒不能工作了，全家的日子可怎麼過？

於是，我認識的一個太太就記錄先生每天的上下班時間以及出差次數等。她說：「如果老公病倒或猝死，那一定是工作太忙導致的，是公司的責任呀。爲了爭取職工災害補償保險金，我得留下準確的證據。」

跟身體病症比較，精神病症更難對付，至少在日本是如此。有個三十世代的雜誌編輯，因爲工作壓力太大，開始每晚喝很多酒，沒多久就出現酒精中毒的症狀了。由太太看來，原因全在於工作環境，公司方面最初也很客氣，讓他請病假。可是，因酒精中毒請病假，對自尊心的打擊特別大，何況三個月後回到崗位時，上司、同事都白眼看他。大家覺得患上酒精中毒不外是性格太軟弱的緣故；哪裡好意思請病假給周圍人帶來麻煩？結果，他在公司裡待不下去，只好提出辭呈了。

今天的日本三十世代，是一九九〇年代國家經濟極爲不景氣時候出社會的。不少人根本佔不到正式的職位，一直做臨時工熬到今天。幸運佔到了正式職位的人，同事中的同代人特別少；每一個人的工作負擔相當大。而且，九八年左右，他們開始工作幾年後，在政府的指導下，很多公司引進了所謂「成果主義」，乃按照每個人的成績而決定薪金的，不像從前那樣同齡職工全得到一樣的薪水。這麼一來，同事之間不僅要合作而且要競爭，叫人緊張極了。

不管從哪個角度來分析，都容易理解三十世代患上心病最多。果然在東京街上，精神科、心療內科的招牌越來越多。從前的日本人以爲只有狂人才去看精神科醫生，如今大家都知道心病是誰都有可能患上的。尤其是憂鬱症，大眾媒體形容爲「心靈感冒」，意思是：並不嚴重，吃藥休息就會好。話是那麼說，患者和家人的狀況其實一點也不輕鬆。失業是常見的後果，而在日本，中年換工作一直是挺不容易的。不過，無論對誰來說，最難受的是孤立。接受自己或家人有心病是很痛苦的。但是，一旦知道今天的日本社會病友不少之後，至少能確認：問題絕不全在於病人自己，而不少部分著實在於工作環境和社會結構。

36 理工學院的文人

我去年開始在大學教漢語。

明治大學是「東京六大學」之一，相當於美國的常春藤名校，歷史超過一百二十年。我任職的理工學院是在六十年前加添的，位於東京西南邊的川崎市生田，綠油油的多摩丘陵上。眾多的畢業生當中，如今最有名的大概是電影界名導演北野武了。

雖說是理科院校，明大生田校園卻輩出過不少著名文人。他們是教外語或人文科目的老師們。光是純文學的芥川獎得主就有三位。戴著仿古圓形眼鏡，目前負責理工學院法語教學的堀江敏幸教授就是其中之一；他的散文體小說滿受讀者的歡迎。看課程簡介，堀江教授的第二年級班用的教材竟是法國菜譜；跟名作家學名菜作法，眞是奢侈無比了！

叫我去生田教書的管啓次郎教授則是精通英、法、西、葡多種語言的名翻譯家，有關西印度群島Creole文化的評論集得到行家的高度讚揚。才四十多歲頭髮已經幾乎全白的管教授，看起來像個道家仙人，服裝卻相當美國化，愛穿牛仔褲和黃色的Converse皮革球鞋。夏天更著夏威夷Aloha襯衫，彈著優客李林哼著南太平洋歌曲進出教室，讓理科學生們目瞪口呆、大開眼界。

還有精通多種斯拉夫語言的奇才黑田龍之助副教授。他原先是NHK電視台俄語會話節目的主持人，後來到生田教世界英語。在黑田老師的課上，學生們練習聽帶有韓國、新加坡、印度、波蘭等各種口音的英語，爲的是提高跟各國人士用英語交談溝通的能力。多麼實際的教學方式！這種課，在我大學年代是沒有的。如果有，我後來住多倫多等移民城市時候的生活品質不知可改善多少。當時，我每次去印度人開的披薩店都無法順利溝通，買張披薩好費力氣的。

這些才人屬於理工學院綜合文化教室，猶如理科大海裡的文科小島了。他們從打扮、髮型到措辭，全跟理科同事們截然不同。

對數學、物理、化學、建築等專業的男女學生來說，跟博學多才的文人學外國的

語言、文化、歷史、風俗，無疑是別有風味的經驗了。至於才子們爲甚麼不在文學院研究教學，那恐怕各有各的故事吧。

37

小澤征爾與大江健三郎

諾貝爾文學獎得主大江健三郎和著名指揮家小澤征爾，可以說是世界上最有地位的兩個日本藝術家。他們恰巧都出生於一九三五年；五〇年代末，才二十多歲時，分別在日本文壇與國際音樂界出了名；之後的半世紀，一直活躍於第一線。如此偉大的兩個人物抽出時間做了三次對談，經整理後問世的《音樂與文學對談——小澤征爾與大江健三郎》一書，果然充滿啓示，非常好看。

三次對談，於二〇〇〇年八月和十二月，在日本長野縣的奧志賀高原飯店和東京成城的大江公館進行的。那年六月，兩人正好六十五歲，同時成了美國哈佛大學的名譽博士；讀賣新聞文化部趁機企畫了兩位大師之間的對話，前兩次對談的紀錄刊登在該報九月九日號。接著，年底在大江公館補談的內容也加進去，〇一年九月出版了日文原版《生在同一年——音樂和文學塑造了我們》。

奧志賀高原是小澤每年指導齋藤紀念交響樂團的地方。大江帶夫人和兒子（弱智作曲家大江光）過去，先參觀排練場景後，再進行了對談的。那次的經驗給老作家留下了深刻印象的程度，我們可以從他○五年發表的長篇小說《告別了，我的書！》中得知。作品中最重要的事件竟發生在奧志賀高原飯店，當彷彿作者的主人翁參觀名指揮「伊澤」和學生樂團公開排練的時候。

文豪一家人對古典音樂的造詣很深；他們衷心欣賞跟名指揮密切交談。小澤也一直對大江光的音樂感興趣；從他自己的成長經歷講起，一直講到藝術與生命、家庭的關係等既抽象又具體的哲學性題目。在對談開頭，兩人異口同聲地斷言「親子關係比音樂、文學都重要」，因爲藝術之美與力量，本來就在親密的個人關係裡呈現的。那句話的迫切性可以說是整本書的高潮。

戰前在中國大陸出生長大的小澤征爾，被母親帶去基督教堂，接觸到讚美詩後，回家組成了小澤四兄弟合唱團，那是他音樂生涯的開始。他說：「我的一生就是一個實驗：一個生在中國，本來只會說日語的東方人，花一輩子時間去研究西方音樂，到底能掌握到哪裡。」

同一年在偏僻的四國山區出生的大江健三郎則說：由於戰後日本採用了民主主義制度，他方有機會學習外國文學，更登上國際文壇。他希望二十一世紀的日本會是更開放、自由的社會，但始終甩不掉憂慮，因爲現實似乎往正相反的方向發展。

五年過去了。兩位大師已屆七旬。小澤征爾擔任維也納國立歌劇院音樂總監，事業上到了頂峰之後，因過於勞累，從今年初開始療養，取消了前半年的演出計畫。大江在新書的封套上說「希望從絕望開始」，不外是這幾年的日本社會越來越封閉，讓人不能不預感到黑暗未來的緣故。現在看來，正逢千禧年進行的三次對談，做得正是時候。已進入晚年的老藝術家爲年輕一代留下的種種話語，值得我們重複咀嚼並當作走向未來的寶貴指針。

38 藤堂先生

聽到「恩師」一詞，我首先想到的是早稻田大學政治經濟學系的漢語主任藤堂明保先生，然後便是政治思想史的藤原保信先生了。兩位姓裡都有個「藤」字，令人聯想到魯迅寫的「藤野先生」。世上眞有這麼個巧合。

藤堂先生是日本著名的音韻學者，本來在東京大學文學系當教授，可是在一九六八年的學運當中，支持學生造反而辭職，後來到早稻田作客座教授。離開東大以後，他曾經在電視台的晚間節目「11P.M.」裡主持過一小節，每週坐在半裸體的女演員中間，泰然自若地解說女字旁的漢字一個。後來，節目內容又成了《女字旁的漢字》一本書。總而言之，他在學術界和社會上都很有名氣。可是，才十八、十九歲的大學生甚麼也不知道。我們只是把他當作一個上了年紀的漢語老師，如此而已。

記得第一堂課，藤堂先生刷刷地在黑板上寫了些中國古代的甲骨文，然後旁邊加寫對應的現代漢字。給我們解釋完了方塊字的發展過程後，他嘆著口氣道：「全日本沒有幾個人會看甲骨文的呀！」專業知識講給外行新生，簡直就是投珠與豕。

有一天，他告訴我：「你若是眞想學會中國話，光在大學上課是根本不夠的，趕緊到飯田橋的日中學院報名夜班去。」老師兼任那邊的院長。從此，我跟中國話的關係越來越深，三年以後竟去北京留學了。剛安頓下來，馬上寫信給藤堂先生說：「北京雖然挺不錯，但我想明年轉到廣州中山大學去。您能否寫推薦書給我？」不久就收到的推薦書筆跡相當微弱，卻果然奏效，讓我有機會在華南生活並接觸到華僑文化。當時我人在中國而沒得到消息：二月最冷的日子裡，藤堂先生去世了。

如今我自己當了個大學漢語老師，才開始慢慢明白先生之偉大來。最近，爲了準備下學年的課，購買了他最後的著作，乃一九八五年七月，即去世五個月後問世的《新訂中國語概論》。同時在網路舊書店發現的《花落未掃》一書是藤堂夫人寫的；原來，老師的最後一項工作《八千字語源詞典》未完成，是沒有人能繼承天才事業之緣故。夫人也寫：藤堂家墳墓在故鄉三重縣伊賀上野。我有一天非得去掃墓。

39 賞梅花

三月的東京忽暖忽冷。恰好有個星期日天氣很暖，抓緊機會到家附近的谷保天滿宮賞梅花去了。

日本全國好幾十所天滿宮都祭祀著公元九世紀的文章博士菅原道眞。他從小非常聰明，五歲就寫詩讚揚梅花之美。長大後成爲著名士大夫，卻在一場政治鬥爭中左遷至九州太宰府。將離開京都宅第前，他念的一首和歌，大意爲：當東風吹起之際，該散發芳香了，梅花啊，主人走了也不要忘記春天呢！據傳說，梅樹很懂忠誠，竟然一夜之間飛越幾百里路，自己移到主人新居去了。太宰府安樂寺，至今仍有那棵飛梅樹。

菅公垮台時，家人也分散各地。幼小的三男則被流放到武藏國（現東京）來，收到父親去世的消息後，建立了廟宇，即爲今天的谷保天滿宮。跟全國各地的天滿宮一樣，院子裡種滿著梅樹，每年到了初春，都兌現一千多年前的諾言，紅白兩種梅花一定盛開而散發芳香。

八年前的三月，當老大快出生之前，我挺著大肚子，跟老公一起來過谷保天滿宮。那次看的是晚上的梅花，以黑夜爲背景，有幻想般的美感。

今年卻帶兩個孩子，大白天過來了。先到祠堂拜一拜，獻納孩子寫好祈禱的「繪馬」。兒子「將來想做棒球選手」，女兒則「想穿漂亮的衣服跳芭蕾舞」。順便看看別人家掛的「繪馬」，果然多數人寫著「要考上某某學校」之類。在日本人的心目中，菅公是學問之神。臨時抱佛腳的學生們紛紛到各地的天滿宮求神。

走到院子去，有不少人散散步，或者坐下來賞著梅花。跟四月賞櫻花時大吃大喝猶如原始人狂歡的熱鬧場面不同，賞梅花是安靜文雅的活動。不同的花兒有不同的情趣。再加上，梅花的季節天還稍微冷。我們買來熱騰騰的紅豆湯，在花兒下坐著吃。有兩個大湯圓從紅豆湯露著面，一同放進嘴裡嚐，味道挺不錯的。

孩子很快就開始嘻嘻哈哈瞎跑。院子裡有個小亭子，也有當地作家山口瞳的文學碑。在一個角落，露天鋪著紅毯子，和服姑娘現場泡茶。孩子跑到最遠處，站在高大的石碑下，邊揮手邊大聲問：「媽媽，這是甚麼意思？」那是菅公生前強調的一句話：和魂漢才。

40 從小就去的博物館

我在東京最喜歡的博物館快要關門了。位於秋葉原萬世橋的交通博物館，從小不知去過多少次，光是這幾年都帶兩個孩子參觀了不止一、兩回。是它最初啓發了年少的我坐火車去各地旅行的，否則後來我也不會漂泊天涯海角。但是五月十四日以後它將不再存在了，實在令人惋惜。

交通博物館所在地萬世橋，曾一度是東京的交通中心。一九一二年完成的萬世橋火車站，乃橫斷東京的中央線總站。當年的明星建築師辰野金吾設計的車站是華麗至極的紅磚大洋樓。站前廣場開過很多條有軌電車，每天有無數東京人經萬世橋上班上學，場面熱鬧非凡。

可是，兩年以後，中央停車場（現東京站）開業而代替了總站功能。規模大出幾

倍，使萬世橋站的地位相對低落了許多。一二三年的關東大地震造成嚴重的破壞，重建後已經沒有了當初的氣派。

不過，人間萬事塞翁之馬。三六年，萬世橋站附設了鐵路博物館，從此成了東京小孩必訪之地。四三年火車站竟被廢用，然而站房基礎卻一直留下來，至今六十多年爲博物館提供了場地。也就是說，交通博物館不僅展覽著交通工具的發展過程，同時保護了具有懷念價值的歷史文物——老火車站。

我還沒上學之前，被父母帶到那兒去，總是一個人躲在長途列車車廂裡，緊靠著窗戶坐下來，一手撫摸著天鵝絨座位耽溺於白日夢。有一天要坐夜車去遠處的夢想，就是那時候在那兒開始的。果然，十年以後，我單獨坐夜車離開東京往日本海邊古城去，踏出了闖世界的第一步。跟著在中國、歐洲、東南亞等地，我也坐了好多好多次夜車。

在凡事翻新速度極快的東京，交通博物館六十多年沒有改建已是難能可貴。幸虧，三代東京人能夠共有幼年回憶了。新的鐵道博物館明年將開在郊區埼玉縣。網上查藍圖看：場地擴大，內容充實，設備革新，一切都好，就是沒有東京人的歷史。

不久就終於得永別的萬世橋交通博物館，每天舉行特別活動：爲少數參觀者定時開放舊月台。關門之前，我打算一定抽時間去看，也要最後一次坐在長途列車車廂裡，想想過去。

41
沒牛排不行

最近兒子過生日。問他，除了奶油草莓蛋糕以外，還想吃甚麼東西？他想了一會兒，回答說：「牛排！」

於是到鮮肉店買牛排去。自從狂牛症發生以後，日本牛肉市場狀況變化很大。之前，美國進口的廉價牛肉很豐富，壓低國產品的價格。當時，買牛肉的選擇相當多：從平民化的美國產或澳洲產，到高檔國產品松阪牛、山形牛的「霜降肉」等，價錢相差十多倍。

後來，美國產牛肉一律遭禁止進口。全國各地的吉野家等牛丼店，家家面臨生存危機。國產牛肉供不應求，不僅價錢直線提高，而且內臟肉等稀少部分，市場上簡直消失了。問肉店老闆牛腸甚麼時候會進貨？人家搖著頭說：「批發價比原來貴好幾倍了，我都不敢賣呢！」在鮮肉店商品櫃上，從前擺牛肉的地方，逐漸被豬肉或羊肉佔領。很多家庭乾脆不吃牛肉了；畢竟，東京人的牛肉消費量向來不多，改吃別的肉類也不覺得可惜。大阪人可不同，在他們的伙食裡，牛肉是不可缺之的。而我老公恰巧是大阪人，一週不吃牛肉，就明顯不高興起來。

爲了滿足他胃口，一個辦法是去家附近的烤肉店；專門店居然有特別的貨路，甚麼牛肝、牛腸、牛胃、牛舌，應有盡有。另一個辦法則是買澳洲產牛肉。Australia眞是好國家，一貫爲日本人供應價錢合理的安全牛肉，可靠得很。平時我買來大塊瘦肉放進壓力鍋去，用啤酒番茄燉上一小時，即爲英國式的beef stew。

這天去買牛排的「初音」，是總店在於新橋的老字號肉店，主要經售國產仙台牛。肥瘦參半的漂亮「霜降」牛排一片賣兩千多日圓（合新台幣六百多）。我們還是買澳洲產好了，價錢才三折，而且瘦肉邊兒帶點肥肉的西冷，正合適於做翡冷翠式牛排（Bistecca Fiorentina）。那是我們在義大利度蜜月時吃到的美味，後來成了老公的拿手菜。只用橄欖油和大蒜燒得外熟內生的牛排，跟巴黎式細炸薯條一起吃，能享受透優質牛肉的滋味。

兒子生日晚上，回想著浪漫美麗的翡冷翠，邊吃歐洲風味的牛排，邊喝當地名產Chianti紅酒。味道絕佳，感覺滿好。謝謝澳大利亞！

42 神保町中餐廳

以書店街聞名於世的東京神田神保町，亦為老字號食肆集中區。蕎麥麵館、天婦羅飯店、啤酒屋、俄羅斯餐廳等等，眞是應有盡有。果然也有挺棒的中餐館。

那天，本來打算去飯田橋CANAL CAFE先划船然後吃午飯。但是，正逢櫻花盛開的日子，大家要賞城濠水面映著花兒的迷人景色，果然不到中午以前，已經有上百人排隊了。我們給嚇壞，馬上改變主意而往神保町。那裡有老啤酒屋LUNCHEON（一九〇九年創業），是已故小說家吉田健一生前的至愛。誰料到，星期天為休息日。

因為下午還排有節目，我開始稍微著急。過馬路跑去鈴蘭通，SWEET包子週日也休息，俄羅斯餐廳則早已客滿。那時發現對面有家中餐廳叫揚子江菜館，牌子上畫著京劇的臉譜。看起來很高級，但是已經沒有了其他選擇，好在供應價格合理的午餐

定食，衝進去大喊：「四個人！」

出來的女服務員穿著很素雅的棉布旗袍，讓我們上二樓去。裡面差不多坐滿人。我們由於趕時間，匆匆點了午餐定食和一碗湯麵。

旁邊有帶孫子女來吃盛饌的老夫妻，叫著「燒賣、春捲、炸子雞、炒麵」……等小朋友們愛吃的點心多種。看看四圍，很多都是常客模樣的中年人士。我忽而想通：這是老東京式中國餐館，在其他地方多年前已經被淘汰，可是在文化土壤肥沃的神保町，至今生存下來的。

很快就上桌的海鮮套餐和排骨炸醬麵，味道都挺好。喝了幾口啤酒之後，剛才那著急的感覺慢慢消失。家人臉上也有了笑容，異口同聲地說：「眞好吃！」這就是神田神保町的實力了，叫人不能不佩服。

後來，我得知，這家揚子江菜館是一八九六年寧波人創辦的。當時，留日中國學生很多都先在神田附近的日語學校補習一段時間，然後才正式進大學。周圍逐漸形成的唐人街，後來又沒落；唯獨幾家中餐館留下來，一直受東京文化人的支持。

揚子江菜館今年迎接開業第一百一十周年。一樓收銀處有古老巨大的現金出納機，顯然是神保町滄海桑田的見證者。

43 金魚缸裡的料理教室

有一個星期天中午，我到東京日比谷公園對面，帝國劇場大樓地下去吃飯。那裡有東京數一數二的鰻魚名店神田菊川的分號。

日比谷、丸之內一帶是金融區，平日有無數銀行家、投資家來來去去，到了中午，附近食肆都很難找到位子的。但是逢公休日，銀行公司都關門，幾乎沒人來上班，結果劇場地下的食街也空蕩蕩。能夠放鬆慢慢吃飯是件好事。然而，爲了上大樓公用的洗手間，要走無人通道好幾分鐘，即使在大白天也很不是滋味。兩邊商店很少有開門營業的。

眞沒想到金融區的星期天竟會是這個樣子。我有點埋怨著自己決定星期天中午來這裡吃飯，匆匆往樓梯邊的洗手間走。通道到了盡頭，我一拐彎，就看見了極其明亮的一角。好比在夢裡走進樂園。

那一角是用玻璃牆圍住的，加上光亮特別豐富，所以很清楚地看得見內部的動靜。猶如金魚缸的空間裡，走動著上百名人物，清一色都是女性。我最初以爲是巨大的時裝店：白色的地板、彩色的家具、很多打扮得好時髦的年輕女人很忙碌似地走來走去無比快樂的樣子，令人聯想到名牌時裝店舉行的減價大特賣。

但是，我怎麼看也看不到衣服。反之，她們個個手裡都拿著小盤子，好像盛有麵包、沙拉之類。是餐廳嗎？又不像。我注意到開放空間裡設有幾十個島嶼式廚房，具備電爐、洗水池和工作檯。

啊，這原來是料理教室！

烹飪教室在世界各國已存在許久。但是，在金魚缸一般的開放空間裡，上百個年輕女性同時實習，又慷慨地給行人看見全部過程，至少我自己之前沒看過也沒聽說過。我印象中的烹飪教室，要麼是培養廚師的專門學校，或者是快要結婚的女孩到老師家去學煮飯做家常菜的私塾。顯而易見，金魚缸式料理教室的經營理念，跟過去截然不同。

這裡沒有「學習」的嚴肅氣氛，反而充滿著「消費」、「享受」的快樂氣氛。我從古老的鰻魚店出來，走無人的通道到盡頭，忽然發現金魚缸似的空間裡，年輕、漂亮、看起來富裕的女性們邊做飯邊嚐味邊談笑風生的場面，眞有點像龍宮裡形形色色的魚類宮女歡歡樂樂地跳著群體舞蹈。

這烹飪教室叫做 ABC Cooking Studio。名字起得可好；教室內的設計很像電視攝影棚。ABC 自從一九八七年創立以後迅速發達，現在從北海道到九州，日本全國有七十九所教室，講師人數超過三千，學生總數竟達五十萬人！

媒體上常有人說，如今的女孩子們都從小專門念書，到了適婚年齡也不會做飯。然而，原來全國有五十萬人自己出錢上這一家新式烹飪教室的。只是，ABC 跟老派「新娘學校」不一樣，主要目的不在於學會爲家人做飯吃，而在於自己在上課時間內盡情享受烹飪之樂趣。

全部教室都一週七日，從早上十點到晚上十點開課，爲的是配合任何人的生活時間表。課程分三類：第一類是綜合烹飪課，第二類是麵包課，第三類則是蛋糕甜品課。我那天隔著玻璃窗看見的，好像是第二類麵包課。

ABC的總經理接受報紙訪問時說，學生們都說上課比在家裡跟母親學烹飪有趣好玩得多。ABC採用小班制，一個老師最多教四五個學生。老師全都是女性，扮演學生們的可親姐姐，而不是嚴肅媽媽的角色。大膽地省略掉傳統菜肴的複雜作法，教授時髦西餐的簡便作法。

對學生來說，一次付四千多日圓（約合一千三百元新台幣），享受到九十分鐘的快樂時光，能夠邊做飯邊嚐味邊談笑風生，雖然不便宜，但這是大多單身上班族負擔得起的小小奢侈。加上，站在金魚缸或者電視攝影棚一般明亮的空間裡，透過玻璃窗被行人看見，也給她們帶來自己成了舞台明星似的甜蜜幻覺。

這些年在日本，出現了好幾個明星級烹飪老師。比如說栗原晴美（栗原はるみ），每次出版食譜都保證賣幾十萬本，英文版問世後馬上獲得國際獎，另外還開餐廳，設計家庭用品等；不愧被稱爲家庭主婦的偶像。還有介紹歐洲甜點出名的藤野眞紀子，由於形象卓越，竟被首相點名成爲國會議員了。

那些明星級烹飪老師，可以說是日本年輕女性的理想。她們既有圓滿的家庭，又有自己的專業和經濟能力；工作上能發揮女性美德，巧妙地免除多數女性感到的深刻矛盾：職業上和私人生活中的性別角色矛盾。

金魚缸一般的空間給五十萬普普通通的日本女性提供耽溺於幻想的機會。ABC的總經理說，開放式教室受學生歡迎的程度遠遠超過封閉式教室。陌生人的視線帶來快感，讓學生幻覺自己成了明星。

在日本家庭，做飯向來是妻子的任務，至今很少有日本丈夫能分擔這一項重要家務的。被強迫做的事情，甚少有人衷心欣賞。所以，「到了適婚年齡也不會做飯」實際上是女性反抗社會常規的一種形式。但是，這並不是說，今天的女孩子們不知道烹飪具有的樂趣和魅力。只要是自發地爲自己做喜歡的食品，她們是滿願意的。ABC的成功就證明這道理。

當然，家庭生活從來不是舞台表演；沒有聚光照明也沒有觀眾，更沒有鼓掌喝采。就因爲如此，ABC的學生當中也有不少家庭主婦。她們趁家人不在之際，匆匆出來上被玻璃窗圍住的舞台，耽溺於一場甜裡帶苦的幻覺，也許像比利時巧克力的味道。

44 中華明星

日本大學於四月開學。今年新生剛進來的第一堂課上，我就發張問卷請同學們塡寫了他們所知道的中國人／華人名字。我教兩個初級漢語班，一年級學生總數爲一〇六人。

在一〇六名學生裡，竟有二十三個連一個中國人／華人名字也寫不出來。剩下來的八十三名提的名字共有六十三個。

毛澤東以三十票獲得了光榮的第一名。他的名字和容貌，好像都留下深刻印象；學生大都只在課本上看過而已，卻很難忘記似的。

緊跟著不落的紅太陽，得到了二十八票的第二名爲亞洲影片帝王成龍。第三名有兩位，各自得到了十五票，乃李小龍和章子怡。

這些影星在日本的知名度相當高。章子怡最近幾年天天在花王公司的護髮露廣告上曝光，可以說是人人皆知的，然而好多人搞不清楚她究竟是哪裡人。一個原因是日本媒體用片假名（表音文字）來寫她姓名而不用漢字，爲的是使其形象國際化。

香港武打片對新世紀年輕人的影響力出乎我預料之外。除了兩條大龍，第五名有李連杰（十四票），第八名有洪金寶（四票），第二十五名有周星馳、元彪、吳宇森（一票）。台灣出身的明星有第八名的徐若瑄（四票），第十九名金城武（二票），第二十五名林志穎（一票）。大陸明星則有第八名王菲（四票），第二十五名胡軍、李亞鵬（一票）。

當代政治領袖中，唯一被提名的是第八名的胡錦濤（四票）。孫文得到六票爲第六名。其他近現代名人有周恩來、蔣介石、張作霖、洪秀全（一票）。

相比之下，古代人物的名氣很大。第六名有秦始皇（六票），第八名有孔子、諸葛亮（四票）。第十六名有曹操、孫權（三票）。第十九名有劉備、武帝、李白、杜甫（二票）。另外有孟子、莊子、關羽、項羽、孫堅等等。詩人、思想家是學生們經由語文課本結識的。至於三國志人物，可說是漫畫（橫山光輝著全六十卷）、動畫、遊戲軟體等多媒體化的勝利。

唯一被提名的作家是金庸（一票）。運動員有姚明（第八名，四票）和張德培（一票）。有人寫了唐僧還行，但是孫悟空、豬八戒、沙悟淨呢？至於殭屍更了得！

45

初戀

有個大學男生，午飯休息時候來研究室，坐下來就說：「這個夏天，我墜入愛河，其他任何事情都不能做了。將來回顧，我可能會說，那一次就是我的初戀。我這個人，之前正規談戀愛的經驗很少的，所以，也可以說上了一堂重要的人生課了。不過，現在，我主要的感慨還是後悔……」

「恭喜恭喜，」我說，「你今年多大年紀了？」

「二十二。」

這個學生，人長得滿帥，也很會打扮，一半黑色一半茶色的頭髮，看起來挺時髦的。這麼一個小伙子，二十二歲才初戀，眞不知如今的日本年輕人到底是早熟還是晚熟。而且，如此私人的事情，都要告訴大學老師。他本來要找的是另一位男性教授，可是，看到我也在座都無所謂，照樣說出戀愛的始末來。

我也有過二十二歲的夏天。那恐怕是一輩子最容易談戀愛的季節了，好比人人都是亞當和夏娃，有些朋友甚至每兩個星期跟不同的對象墜入愛河。後來的幾年裡，我們主要在情場打滾；甚麼學習呀、工作呀，相比之下永遠是次要的。那段時間的話題，除了戀愛，就是戀愛，大家滿腦子都是戀愛。現在回想，只能說是荷爾蒙分泌過剩導致的。不過，換句話說，那就是青春期。然後，到了三十幾，一部分人成家，其他人則全力投入於事業。這些年，若有朋友談戀愛，就無非是婚外情了，光聽著都不大乾淨，一點也沒有二十二歲時候那樣神話一般純潔的感覺。

所以，看到剛談過初戀的大學生，我覺得特別新鮮。然後，忽而想起，多年前認識的美國女朋友桑德拉。她是十八歲談的初戀，後來跟別人結婚又離婚，作爲單身設計師過著舒服的日子，身邊始終有毛茸茸的寵物狗。有一天，她參加高中畢業三十周年典禮，見到了初戀對象。相隔三十年，舊情馬上重溫起來，之後的死去活來，連我旁觀者都感到辛苦，因爲男方有家庭。桑德拉說：「我還以爲自己早畢業於男女之間的事了。萬萬沒想到，中年談戀愛會這麼痛苦。」那時她四十八歲，正處於更年期，人生的秋天快要開始的時刻。

我已經多年沒見過桑德拉，說不定她後來還談了戀愛。不過，人生凡事都有初次和末次。對於二十二歲的小伙子，我只能說：祝你幸運！

46

戀愛談何容易？

日本最重要的純文學獎芥川龍之介賞，二〇〇六年前半年的得主是三十九歲、身高一米七四、單身的女作家絲山秋子。若在上世紀，一定引人注目的種種屬性，在今天的媒體上卻很少有人提到。

比起新人作家的年齡、身高、婚姻狀態、性別，更受注目的是她特殊的經歷：自從早稻田大學政治經濟學系畢業以後，任職於洗手間設備的TOTO，在福岡、名古屋、高崎、大宮四個中小城市，總共有十年的推銷經驗。日本文壇給她掛的頭銜是「後均等法第一代女作家」。

日本女性開始跟男性平起平坐地工作才是二十年以前的事情。一九八六年施行的男女雇傭均等法禁止了企業對員工的性差別；之前只能擔任助理業務的大學畢業女生，可以選擇的職業類別一下子增多了。

在東京出生長大的絲山秋子，從小喜歡看書也酷愛騎馬，長大以後著迷於汽車。報考大學時候，爲了「將來好找工作」而選擇經濟系。九〇年畢業後則到TOTO做事，最大原因是該公司對男女員工的待遇完全平等。她跟男新人一樣被派到地方城市去，每天自己開車上班，從早到晚工作應酬。當年的同事說，絲山「從不讓別人意識到她是個女性」。

她這樣的經歷，之前的日本女作家是沒有過的。雖然有個別的女性在公司裡待了一輩子，但是她們扮演的大多是祕書等整天留在辦公室裡幫助男上司的角色，女性色彩非常濃厚。那些早期的職業婦女，過了一定年齡而未婚，就自動被扣上「老處女」的帽子了。其他在社會上做事的，除了醫生、藥劑師、教師等少數專業人士以外，只有吧女、舞女等風化產業的。在職場上不被稱爲「小姐」的日本女性，絲山著實屬於第一代。

然而，每天穿著西裝工作到昏迷，喝酒到大醉，跟男人只差一條領帶的生活，也不見得適合於年輕女性的生理。開始工作八年後，三十二歲的絲山忽然患上躁鬱症，難於控制自殺衝動。在住院治療期間，她開始寫小說，應募參加各項文學新人獎了。不久，作品得到行家的高評，叫她下決心正式辭職。

絲山接受訪問時說，小時候經常騎自行車到家附近的圖書館，一年裡看了五百本書，其中包括日本以及西方的小說，還有自然科學、社會科學的專書。果然，寫起文章，她的根基可不薄。最令人刮目相看的，則是她能活生生地寫出日本女性的新一種人生狀況。

從二〇〇三年獲得了文學界新人賞的第一部小說《只是說說而已》到芥川賞作品《於海上等待》，絲山作品的女主人翁，大多是三十多歲有專業的女性。她們要麼跟作者一樣患上躁鬱症而辭職（《只是說說而已》的前駐義大利特派員），或者還在公司裡做事（《於海上等待》），總之都有獨立工作和生活的能力與經驗。在私生活中，她們接觸過一些男人，但也覺得沒甚麼大不了的；未婚性愛不再被看爲不道德，因而不再刺激也不怎麼過癮。

《只是說說而已》的女主人翁顯然挺有魅力，身邊男人可不少。然而，她跟他們的關係全都沒轍。如今做地方政治家的老同學，雖然很帥但是性無能。好在有人滿足她性欲，乃通過網路主動認識的色情狂。兩人在互相同意的前提下從事的變態行爲保證給她帶來性高潮，可以說有種信賴感，但也從不發展到其他層面去，因此就連情人都稱不上。還有，中年無業自殺未遂的表哥；女主人翁叫他從九州飛來東京暫時同居。他們一貫很相好，也差一點就要發生性關係了，可是偏偏沒有浪漫的感覺。另外，跟她同病相憐的憂鬱症黑道分子也充滿人情味，眞夠朋友，卻如此而已。總的來說，女主人翁的男性知己、朋友都不少，達到性高潮亦易如反掌，然而談戀愛？越想越不可能。

《於海上等待》的女主人翁則跟同期入社的男同事「胖子」保持著好多年來的朋友關係。雖然對方早就成了家而自己仍爲單身，但是沒有戀愛色彩的純粹友情越走越深刻，直到當對方突然去世之際，要替他消滅電腦中的私人資料。曾經剛出社會時，一起受過種種磨練，兩人之情親如弟兄。

從前的人認眞爭論過「男女之間會不會有友情？」，現在看來可笑極了。友情當然會有，今天的問題倒是：男女之間有了友情以後，還能浪漫起來嗎？

我不由得想起山田詠美一九八五年發表的小說《做愛時的眼神》；書中的性愛描

述曾轟動過全日本。日籍女歌手和美國黑人兵的關係從野獸般的性愛開始馬上波及到靈魂去。雖然顛倒了「從靈到肉」的保守程序，但是男女之間必然發生靈肉關係＝激情戀愛的格局卻沒有動搖。僅僅二十年前，人類男女之間的距離還那麼遙遠，令人渴望全身全靈結合到底。

那果眞是兩性截然不同的社會地位所擔保的化學作用。猶如在兩個電極中間需要有一定的距離，放電現象才會發生一樣。山田賦予男主角以很特殊的身分（美國／黑人／逃兵），用意不外是盡量拉開兩主角在社會上的距離。她熟知戀愛的火花只在互相陌生的兩人之間發生。所以，在她寫的日常報告裡，女作家跟男編輯或同行的密切來往一貫像一團小孩子或弟兄，根本沒有浪漫的色彩。

現在，日本、韓國、台灣、香港等東方國家地區都面對晚婚化、少子化。看了絲山秋子的小說，恐怕大家都會說：既然談戀愛都這麼不可能，自然更難結婚生孩子了。

若是二十年前，絲山那樣的女人在日本一定被罵爲「男人婆」或「女同性戀」，現在卻誰也不敢。因爲他們知道，人家會輕鬆反擊；說一句「性無能」就是了。有趣的是，在她一些作品裡，新世紀男性模型已開始出現。他們不圖引發女性激情，倒以低調姿態和充分的耐性來逐漸解凍母性本能。一個朋友告訴我：那種男性就叫做 de-tox（除毒）系的。

這種男性最初受日本女性注目是二〇〇五年江國香織的小說《間宮兄弟》拍成電影的時候。主角兩兄弟根本不是帥哥，卻讓女性覺得滿可愛，好比是狗貓一類安全無害的寵物，而完全不像野生動物。寫起這類男性，絲山秋子當然比江國香織更在行，因爲需要寵物療法的是極度勞累的職業女性。正如 de-tox 健康美容法企圖除掉身體裡多年來積累的毒素而慢慢恢復自然狀態之美，de-tox 系男人有意無意地溶化女性的防衛心理，使她覺得放鬆自如安全溫暖，不知不覺地跟他親密起來，直到有一天再也不能自拔的地步。也許一看是不怎麼有吸引力的男性，然而久而久之，你會覺得不能沒有他，好比癮上了足底按摩以後很難戒一樣。他的賣點不是善於帶來高潮，倒是很善於叫你放心熟睡。而請問，工作太忙，疲倦過頭的職業女性，誰不需要熟睡呢？

47 多摩川邊的野宴

五月初在日本是黃金週，全國上下集體放長假。今年天氣相當好，幾乎天天能出外，眞該謝天謝地的了。這些年由於日本氣候熱帶化，夏天再也不可能從事戶外活動，唯有梅雨還沒開始下之前的五月，和熱氣剛過去後的十月才合適於郊遊。

每年黃金週，我們到多摩川上游青梅做燒烤去。這條河流長期以來是東京西部最重要的飲料水來源，爲了確保優良水質，周圍環境保護得不錯。只在特別乾淨的水流裡能夠生存的香魚都偶爾游過來。多摩川下游很多地段都修有自行車路，一些地方更具備野餐桌椅。但是，就自然風景而言，還是不如到上游去了。

青梅在東京西郊，坐ＪＲ中央線青梅特快車就能直接到達。離我家住的國立，所需時間才半個多鐘頭而已。然而，一走出火車站，空氣的味道就不一樣。颳過河面來的風，似乎含有特多的新鮮氧氣，讓全身的細胞一下子覺醒。我們先在車站邊的超市買些食品和飲料，然後走到河邊去。爐子和木炭則是從家裡帶來的。

一直往南走六百米，看到了很優美的白色橋樑。站在上面遠望下，碧綠的河流從右到左像大龍一般地彎曲著，遊客們在礫石河灘上設置各色各樣的帳篷，看起來美如打開了的寶石盒。

對岸修成青梅市立釜淵公園，有自來水、洗手間等設備。走下梯階到河邊，找樹蔭鋪席子，眾男生開始給木炭生火。孩子們馬上脫下鞋子走進水裡去。這附近的多摩川沒有多少深度，而且水流得較慢，正合適於讓小朋友們戲水。

這天同去的是幾個文人學者和他們的家人。有位人類學家，在非洲做田野調查時，學會了當地烹飪術。他從背包裡拿出來一把小刀和切菜板，把番茄、洋蔥、大蒜、辣椒都切碎之後，跟檸檬汁和少許鹽混合好，就完成了非洲醬料。跟剛好烤熟的肉塊一起吃，眞是美味。

旁邊有個加勒比海文學專家，吃一口便道：「原來拉美是非洲。」這種醬料確實很像拉美菜的 salsa；應是從非洲給拉過來的奴隸們，把故鄉風味傳播到美洲的緣故。

天氣很好的下午，站在美麗的多摩川邊，遠望著孩子們戲水的樣子，一邊喝啤酒，一邊品嚐非洲式烤肉，想及拉丁美洲的歷史，在我而言，是理想的假日了。

48

志摩半島嘗海鮮

夏天去志摩半島，天天吃到海鮮燒烤。海螺呀、扇貝呀、大蛤蜊呀，活生生地放在炭爐子上，燒烤後沾點醬油吃。說野蠻，實在非常野蠻，當地也有「地獄燒」的叫法；但是，說新鮮，眞是再新鮮不過，嚐一嚐吧，可好吃的。

志摩半島在日本中部，伊勢的南邊。當地歷來爲伊勢神宮提供神饌，是海鮮質量卓越的緣故。其中，鮑魚和伊勢蝦（龍蝦）特別有名；日本很多人老遠去吃。尤其志摩觀光飯店以烤鮑魚（Awabi Steak）聞名全國；聽說是在紅酒裡燉了很久後用奶油烤的；吃過的人都說非常好吃，雖然好貴但也値得。

鮑魚和伊勢蝦的產量有限，即使在產地也價錢不俗。普通貝類蝦等則是另一回事，當地居民可以隨便從海裡撿來吃。若在東京魚店買的話，一個海螺，一個扇貝，一個大蝲子，一隻中蝦，都值好幾百塊日圓。到了志摩呢，你想吃多少就有多少。對愛吃海鮮的人來說，這兒簡直是天堂。

而且這些貝類，全是直接從大海來的，沒在水槽裡停留過，新鮮得不得了。把扇貝一放在爐子上，就像響板一樣地自己打響起來。海螺的蓋子也一會兒開，一會兒關，可眞活潑地打拍子。大蛤蝲則把長長的舌頭伸出來，像要唱爵士樂似的。整個場面讓我想起迪士尼樂園的機械鳥表演，雖然有人工和自然的大差別。

記得小學時候的歷史課，日本的歷史是從「貝塚」開始的。自從史前時代，日本群島的居民都吃貝類；凡是他們住過的地方，考古學家都會發現「貝塚」，即吃完之後丟棄了大量貝殼的地方。東京的大森貝塚乃大約一萬年前，新石器時代人留下的遺址。

我吃著海鮮燒烤想到「貝塚」，因爲日本人的烹調方法似乎一直沒有進步。除了志摩觀光飯店等少數例外，其他地方提供的貝類料理清一色是燒烤。同樣豐富的魚類也主要做刺身、壽司，或者是生烤、乾烤。至於調味料，不是醬油就是米醬。眞是單純極了。

話是這麼說，志摩半島歷來有「御食國」的別名。上皇家飯桌的最高級海鮮，始終來自此地。烹調方法單純也罷了；還是盡情享受日本式口福吧。

49 旅遊指南迷

世上有兩種人：第一種人愛旅行，第二種人則對旅行沒興趣。在第一種中，又有兩派：第一派始終隨身帶著幾本旅遊指南書，第二派則提著輕輕的包包上飛機。我既愛旅行又愛書本；事前、事中、事後重複看了幾次指南書，才能嚐盡旅遊的滋味來。

回想曾去過的外國城市，如布達佩斯、翡冷翠、西貢、拉薩，我都能想起自己在當地飯店的客房裡，躺在床上看旅遊書的場面。書頁上的記述事先啓發的影像，最終跟異國的奇特現實相結合，實在是迷人的經驗了。再加上休假特有的那陶醉人的優閒氣氛，只能說是極樂世界。

日常生活不管過得多麼充實，總有時候讓人發悶，因而想到出門旅行，但是該去哪裡好？假如可以花無限的時間和金錢，在這個年代，世界哪個角落都能夠去了，就

連宇宙旅行也不再是夢想。只是，我越來越覺得，在有限的條件下盡量找出最佳答案，挑戰性更高而滿足感也更大。於是，抱起胳膊歪著頭，想想去哪裡旅行爲最好？

去年這個時候，我每天凌晨四點鐘，還沒有日出之前就起身，打開電腦開始搜索有關東台灣的旅遊訊息。爲了全家三代六口的暑假自由旅行，寫出將近十天的行程表，要下的工夫可不小。該停在哪裡？住哪個飯店？白天酷熱的時候該做甚麼？當地有甚麼土特產可以嚐嚐？一件一件都需要我一個人做決定的，實在傷透腦筋。不過，這種壓力並不特別苦而倒有點兒甜，不無像某種遊戲。

如今在網路上能查到的個別資料特別多，但是對一個陌生的地方了解大體的情形，還是書本能起的作用最大。要收集指南書，首先從街上和網路上的書店開始，然後要想辦法找目的地當地出版的資料了。

從旅遊書取得消息，據我的經驗，買三種書比較著看的效果最好。英文《Lonely Planet》雖然以 back-packer 爲主要對象，但我還是喜歡它文字多。日本昭文社的旅遊書，則把地圖畫得最仔細正確。這些年，台灣公司出版圖文並茂的旅遊書好多種；不僅在島內消息，而且在中國大陸的旅遊訊息方面也明顯出人頭地，可以說是一級棒了。

50 水槽裡的小自然

有一個星期天，我去隔壁一橋大學校園散散步，看到七、八歲的小男孩抓著撈魚袋網蹲在小池邊，默默地盯住水面。

是不是到了蝌蚪大量繁殖的季節了？我走過去問他：「水裡有甚麼呢？」他答覆出乎我預料之外：「蝦。我今天已經撈到了兩隻。」往他身邊的塑膠桶看進去，果眞有兩隻全身透明的小蝦，從頭到尾才兩公分左右的，在黃綠色的池水裡，拚命動身游泳著。

一橋大學位於東京西部武藏野的雜木林上，水池裡有蝌蚪、青蛙、烏龜、鯉魚、水蠆等。但是，我萬萬沒想到竟然會有淡水蝦，當場就決定下次一定自己也帶魚網來。

日本的百圓商店應有盡有。我花一百日圓就買到了那男孩子用的撈魚袋網，隔週興致勃勃地重訪大學。

可是，早晨下過一場大雨的緣故，池水混濁至極，根本看不到裡面。正感失望之際，有個教授模樣的中年先生帶兩個小孩推著自行車走過來。在他們的塑膠水槽裡，好像有甚麼生物似的。人家注意到我的視線，主動解釋說：「有小魚、蝦和水蠆。把魚網垂直放進池岸邊落葉下頭去，就能撈上來了。」

猶如在沙漠上快要迷失的時候碰到了先知，我趕忙道謝回池邊，就把撈魚袋網使勁扎進濁水中去，撈上來看，果然在一團落葉水草裡，有幾條小魚充滿活力地跳動著。高高興興地再撈一次，這回眞有蝦和水蠆了。

我在東京中心區新宿長大，從小離大自然非常遠。忽然發現家附近有這麼多種野生生物，實在大開眼界。帶回家的生命，非得讓牠們長壽繁殖不可。於是，馬上買來具備淨水裝置的小魚缸，並取來當地神社境內流的溪水，裡面添設兩根木枝和幾塊石頭後，便出現了家中小自然。

翻開圖鑑看，那幾條小魚叫蝦虎魚；一會兒往空中蹦蹦跳，一會兒躺在水底下，

姿態多樣眞有趣。至於小蝦，不僅拚命游泳而且不時靠在木枝上休息。取來溪水時候沒注意到，但是原來有些溪貝；個個貼在玻璃牆上吃苔，以致保持水槽的透明度。目前還整天躲在石頭下的水蠆，如果一切順利的話，夏天到來之前一點一點爬上木枝，有一天要羽化飛翔！

51 往年帥哥

最近在報上看到一個老同學的照片，給我帶來的衝擊可大。並不是人家做了甚麼壞事而上了報紙的；他現在是某大出版社的幹部職員，接受記者談談目前日本出版市場的情形。

他跟我是大學研究班的同學。我們專攻政治思想史，班裡優秀的學生很不少；只可惜，那些精英們往往一點都不理會外貌，說起話來滿有意思，樣子卻毫不吸引人的。然而，在十來個男生裡面，有一個例外，就是他。

當年日本音樂界有個大紅人叫坂本龍一。東京藝術大學畢業，外號叫做「教授」，善於作曲彈鍵盤的他，長得特別秀氣。一會兒穿上紅色人民裝帶領樂隊 Yellow Magic Orchestra 到歐洲各地演出去，一會兒在大島渚導演作品「俘虜」（Merry

Christmas Mr. Lawrence）裡當上主角，作爲 David Bowie 的對手，東西兩帥哥相接吻的場面曾轟動過一時。

我那同學，讓我聯想到坂本龍一。雖然長相不如「教授」，但是髮型是差不多，剔掉了鬢角的。他愛穿粉色夏威夷衫配白色鬆褲子，鼻子下留點鬍子，顯然對時裝很有研究。跟土裡土氣的同學們比較起來，可以說是非常好看。不僅如此，他也會看法文，經常翻看法國哲學家 Merleau Ponty 的原文著作，在課堂上討論的時候，直接用法語引用過來。他那樣子，用一個字形容的話，就是「酷」了。

後來，我去海外漂泊十餘年，跟老同學們的來往只限於交換賀年卡，最多偶爾通電話。我跟那同學，本來就不怎麼親近，出國以後完全沒有了聯絡，只是經由其他朋友聽說人家任職於大出版社了。

轉眼之間過了二十年。在報紙上看到他名字時，我並沒有吃驚。顯然是順利地在公司裡升級，做了一個部門的負責人，我很爲他高興。但是，附上的那張照片——虛胖疲倦滿臉皺紋的中年男人歪著嘴巴吐著口水講話的樣子，實在傷透了我的心。這眞的是那瀟灑又酷的同學嗎？帥哥呀，帥哥，你爲何損自己到這田地？怎麼一點不懂得保養外貌？難道男人就沒有抗老的義務和社會責任嗎？嗚呼，我青春記憶中的帥哥不再存在了。

52
愛在更年期

常有人說，美國一九六〇年代發明的避孕藥改變了未婚男女的性行爲。那大體是第二次世界大戰結束後出生的嬰兒潮（baby boomers）一代。九〇年代初這批人到了更年期，北美的書店忽然間出現了大量有關更年期生理、心理的書。長期享受性自由過來的一代，不肯默默地接受身體老化，要積極面對，也要盡量採用對抗措施。

日本社會的變化比美國來得晚十多年。一來保健當局遲遲沒批准避孕藥（到九九年才正式許可販賣），二來人們的思想也較爲保守。「團塊世代」沒有趕上性革命。日本年輕人是八〇年代跟傳統的貞操觀念說拜拜的。

最近，工藤美代子寫的《快樂——更年期以後的性》一書引起不小的回響；似乎也是比美國晚十多年起的波浪。工藤的文章，還在《婦人公論》月刊上連載的時候已經得到多數女性讀者的支持，單行本發行後到書店去搶購的，據說至少有一半是男性。可見，日本中年男女對更年期性愛興致勃勃，但是能得到的訊息至今相當有限。

文章一開頭，作者就引用一位醫生的發言：「說到底，更年期的問題是女性要做愛到甚麼歲數。更年期的其他症狀呢，過了一段時間就自然會好的。但是，性愛能力可不同；若順其自然，就不能回來，一定會消失。」工藤受到衝擊，因爲這句話跟日本社會上的常識是相矛盾的。俗話說「直到成爲骨灰爲止」，女性一直有性愛能力。

工藤是一九五〇年出生的報導文學作家。她自己和同代人剛經過更年期，面對了種種之前沒想到的身體狀態。更年期障礙的症狀，如頭暈、心悸、出大汗、失眠等，這些年在報刊健康欄目上常看到。然而，關於性愛能力的討論，一般只限於男性。也就是，有陽痿症狀就可以吃藥等。至於女性經驗的困難，如性交疼痛，確實甚少有報導的。即使有報導，一般都採取固定的角度，如野獸丈夫不體貼更年期妻子等。女性自己到底有甚麼欲求、感覺、身體狀態，《快樂》一書可以說是破了天荒。

爲了收集女性眞實的聲音，工藤首先透過朋友網絡實行小規模的調查。從四十五歲到五十五歲共三十個人當中，有十三個是單身（未婚或離過婚），十七個則是有夫之婦。在十三個單身女性裡，十個人目前有固定的性伴侶，從來沒有過性經驗的老處女只有一個。至於婚姻中的十七個人，跟丈夫有固定性生活的竟只有一個。而這一個例外是四十幾歲再婚的。也就是說，青年期結婚的日本夫妻到了更年期，都已經沒有性生活。那十六位太太們到底是怎麼想的？心甘情願地守活寡？還是仇恨丈夫？《快樂》的主題就這麼定下來了。

書裡出現的女性們，不分單身還是已婚，多數有著婚外情。看起來很幸福的上流家庭主婦說：婚後二十多年仍然深愛丈夫，可是跟他早就沒有了性生活，在這方面滿足她的是舊情重溫的男朋友。作者的親戚從九州跑來告白：婚後二十年一直沒有性生活，丈夫是同性戀者，她自己不願意就這樣衰老下去，想要去東京的性愛酒吧冒險一下。書中一章則介紹爲了性飢渴狀態的妻子們免費服務的慈善性愛隊。

從這些個案能看出：對多數日本人來說，婚姻和性愛是兩回事。社會學家進行的大規模調查也發現：四成的日本丈夫，二成半的日本妻子承認自己有過婚外情。學者分析調查結果後說：這數字比北美洲高出數倍，日本人是否對婚外情過於寬容？是否對婚姻裡的忠誠看得太輕？

工藤在道德上保持保守的立場。可是，連她也說，結婚多年仍對丈夫抱有激情怎麼可能？她的採訪對象中，唯獨互相專一的夫妻，最後暴露其祕密說：因爲丈夫的器官特別小，別的女性不願意跟他親密。

過去三十年，不僅年輕人的性愛活動發生了變化，而且中年人的夫妻生活也很不一樣了。從前的人婚前幾乎沒有性經驗，一旦結婚以後往往很多年都親親密密。老作家河野多惠子、小島信夫等的小說中，直到六〇年代結婚的日本夫妻，一般把婚姻看爲非常性感的關係。現在可不同；刺激過癮的性愛始終在婚外，無論婚前還是婚後皆然。在《快樂》裡，普普通通的更年期女性介紹的婚外情經驗都相當變態，如今大家好像都在模仿色情片。

人的壽命延長了，青春期拖長了，更年期並沒有因此而延遲，還是在同一時候要來的。結果，身體老化、精神衰退，只有欲求水準居高不下。實用主義的美國女性吃荷爾蒙片；自然主義的日本人卻不敢。工藤寫：她採訪的更年期女性們，不管生活現狀怎麼樣，都異口同聲地說：「只要有機會，還想談戀愛，想做愛。」當她們的身體不服從感情的命令時，自然會造成很大的震撼。難怪，更年期症狀越來越屬於精神科管轄的領域了。

53 小鎮電車真可愛

大家都開車的今天，日本各地還有一些小鐵路。從車窗看到的小鎮生活滿有趣呢。

我最近坐的豐橋鐵道渥美線，起於新幹線豐橋站。離東京沿著太平洋往西走，過了以養殖鰻魚和賽船有名的濱名湖就到；再坐十幾分鐘的車就到名古屋了。

下了新幹線，先別忘記在車站大樓內購買山佐商店的「竹輪」哩！當地特產的圓筒狀烤魚糕，看起來眞像竹子，一般在關東煮裡看到。山佐商店是自創業有一百七十年的老字號，賣的商品質量與眾不同，可以車上邊看風景邊當零食吃。

跟新幹線比起來，渥美線簡直就是軌道上開的公車，或者說，規模大一點的玩具了。車站很小；車輛也很小；車上只有駕駛員而沒有列車員。乘客下車前，要把車票或現金投進駕駛員旁邊的透明塑膠箱子裡；大概小車站也沒人值班的。在單線軌道上，包括起點和終點有十六個站；總共三十五分鐘的旅程內停車這麼多次，眞的跟公車一樣生活化了。

往太平洋突出的渥美半島，南邊是遠州灘，北邊是三河灣國定公園。這裡氣候很溫暖，除了海鮮外，還以鮮花和水果聞名全國。冬天有橘子；春天有草莓；夏天有甜瓜；秋天則有菊花。再者，日本最大的企業豐田汽車總部就在於鄰近地區，爲很多人提供了工作。

果不其然，雖說是偏僻的地方，居民生活夠富裕；看沿線風景就能知道了。電車軌道兩邊是修得極好的小民房；從窗戶伸出手，就摸得到院子裡種的樹木，摘得到樹上成熟的果實。車上的旅客，除了我們以外，全是當地人。沿線有愛知大學（原上海東亞同文學院）以及好幾所高中；平時上下課的學生應該滿多的。但適逢暑假，只有到豐橋買東西回來的人。氣氛輕鬆極了。

說起來都有點神奇，我在電車上一直望著外面，但是連一個行人都沒看到。跟人山人海的東京完全不同，日本鄉下人口偏少；如今大家去哪裡（包括下田）都開車，

結果路上沒人走路。

電車很快就到達終點三河田原站。這裡從前有城池，繁榮過一時。現在安靜極了；唯獨聽到知了的聲音。下了電車的幾個人，都由家人開車來接回去。公車站只剩我們了。

不久就到來的空調車好大，獨佔起來眞有點不好意思。從這裡，開過甜瓜田和美麗沙灘，坐車到渥美半島尖端的伊良湖岬燈塔需要四十五分鐘。兩邊電線桿上掛的廣告牌子，一路上全是「竹輪」、「竹輪」、「竹輪」……。誰都會知道當地的名產是甚麼了。

日本有一首歌叫〈椰子〉，乃詩人島崎藤村以伊良湖岬爲背景而寫的。「由不知名的遠處島嶼漂過來的一個椰子」，這歌詞特會激發日本人的旅愁。離開東京才幾個鐘頭，感覺猶如已到異鄉；應是給單線小電車釀成的情緒吧。

54 秋川的盛夏

東京西邊有條河流叫秋川，是愛好戶外活動的人們常去的地方。

記得小時候，父母開車帶我們五個小孩兒去那裡玩過幾次。「秋川溪谷」這地名一直留在我記憶底層，後來卻不去了。畢竟，年輕的時候，城市文化比大自然有吸引力。

轉眼之間過了三十多年。今年我的兩個小孩兒分別爲四歲和八歲，正是適合帶他們去河邊玩的年齡。於是我上網搜查許久沒去的秋川如今成了甚麼樣子。然而，查呀查，就是查不出那裡的情形來。

怎麼回事？

原來，日本網路上流通的，以有關消費的訊息爲主。即使是個人開的部落格，談商業活動遠遠多於談非商業訊息。而秋川呢，是日本社會商業化以前已經存在的自然風景區，在於國有土地上，不收錢也不讓賺錢，跟商業沾不上邊。結果，沒有人在網路上做廣告，越來越少人知道。

太好了。我已從經驗學到：越時髦的地方，收費越高，人也越多。東京迪士尼樂園是最好的例子了。你若想花很多錢去看人山人海，到那裡去就不會出錯。

八月中旬盂蘭盆節的週末，日本最多人放暑假，據新聞報導高速公路上堵車幾十公里；但是我們坐的ＪＲ五日市線電車有很多空座位，全歸功於這地區非商業化。窗戶外的風景是十足的鄉下，很難相信這裡也是東京。從終點武藏五日市站搭公車幾分鐘，便到達了目的地秋川澤戶橋。這兒就是我小時候來過的地方了。

乾淨的溪流構成天然的戲水區；兩邊岸上是綠油油的樹林；透明的水裡，看到美麗的香魚游著，體長差不多二十公分。沒有礙眼的自動販賣機或廣告牌，自然狀態保留得很好。這些年，全世界的變化這麼大，但是到了非商業化的地方，卻一如既往。

在山國日本，河川常爲急流，白色水花四處濺上。雖然是酷夏，河流還是很冷很冷；水到腳脖子，我就受不了。孩子們倒是另一回事，馬上脫下衣服要跳進水裡去。

小心！小心！別到深淵去！

我感覺很好。是回到了大自然的緣故？還是回到了孩提記憶中的緣故？無論如何，下次一定要帶帳篷來，晚間的河流應是別有味道。

55 秋祭熱

「秋祭」就是日本的秋季賽會。在秋分前後的週末，各地街道都聽得到獨特的吹打音樂。緩慢的節奏，稍微悲哀的旋律，起承轉合不太鮮明的結構，跟平時習慣聽的西方音樂非常不同。彩車舞台上有人吹笛子，有人敲鼓，還有人戴著滑稽的面具跳舞。前邊有好多小朋友們拉著繩子，讓彩車緩緩在大街小巷裡行進。每次彩車停下來，都有附近居民提供飲料食品來款待，也給小朋友們散發糖果糕點。

記得小時候去姥姥家參加當地的「秋祭」，跟幾百個小朋友一起拉著繩子慢慢走，收到的獎品是一顆大梨子。當時完全不懂「秋祭」的意義何在。後來逐漸理解：傳統的賽會以神社爲核心，主要表現豐收的喜悅和對神的感謝。

有一年在香港參觀長洲的廟會，人們拉著彩車慢慢走的節奏，跟我小時候經驗的「秋祭」很相似。只是那邊有所謂「飄色」，乃打扮化妝起來的小朋友們（看起來）像在空中浮游的；神奇多了。

我婚後定居於東京郊區。新開發的住宅區沒有神社，也沒有農業社會，但是有「秋祭」。趁鄰近農村舉行廟會之際，商店老闆們請神官過來舉行驅邪儀式，然後叫居民的孩子們拉著彩車繩子慢步。另外也有神轎，由附近銀行的工作人員抬起來，喊著氣勢雄壯的口號遊行街上。

住宅區的「秋祭」與其說是傳統宗教活動，倒不如說是商業活動。其實，東京著名的「高圓寺阿波踊」、「阿佐谷七夕」等，都是當地商店街的老闆們爲了振興生意而發起的；一旦成功，就每年會有上百萬人來參觀，所造成的經濟效益可不小。社會學者用「都市祝祭」這概念來嘗試解釋，爲甚麼沒有傳統宗教背景的活動能夠叫人狂熱起來？

不過，我住郊區。雖然有商店街，但是規模很小。由電器行、鐘錶行、酒舖、舊貨店、糕點店的老闆們合作舉行的「秋祭」，眞是吃力不討好，上班族新居民中熱心

參加的少之又少。儘管如此，對拚命拉著彩車繩子整天走的幾十名小朋友們來說，這就是他們孩提的「秋祭」了，大概一輩子也不會忘記，就像我至今記得那顆大梨子。

56 東京女性兩極分化

兩極分化是目前日本社會的主要趨向，女性生活也不例外。一方面有積極購買名牌商品的女人，另一方面有專門光臨百圓商店（一切都賣一百日圓，約合三十元台幣）的女人。

按照《單身寄生蟲》的作者，社會學家山田昌弘（東京學藝大學教授）的分析，這現象開始於一九九八年。那年日本大企業紛紛進行了裁員。之前，兩年制短期大學或四年制女子大學的畢業生，一般都能做到大公司裡的助理；職位不高但是穩定，收入也還算可以，讓她們盡情享受婚前幾年的單身貴族生活。再說，在職場遇上白馬王子的機會也相當高的。

然而，九八年以後，大公司不再招募助理職（assistant）女生了。她們原來做的事情，幾乎全都轉包出去，由短期工負責了。結果，過去幾年的短大、女大畢業生，很多都找不到正式的工作，只好到人才派遣公司報名去了。她們從一畢業起，就得以臨時職員的身分到不同的公司做散工。工作內容跟以前的助理沒兩樣，然而身分不穩定，收入較低，而且往往沒有社會保險之類。這麼一來，即使住在父母家，不必爲生活擔憂的人，都稱不起單身貴族了。

前兩年的暢銷書《結婚的條件》之作者，女性主義心理學家小倉千加子也斷言：如今日本女性的命運基本上由學歷而定了。她用三個「存」字來解釋不同文化程度將會導致的生活狀況。

高中畢業生，搞不好就要面對「生存」危機了。經濟蕭條時期，連大學畢業生都不一定找得到好工作；沒有學歷，沒有特殊技術的女性在東京，過了二十四歲，換工作的機會也不多。她們得趕緊回家鄉爲了「生存」而結婚，否則生活水準只會逐漸下降，連成家的可能性也越來越低。（小倉預測：她們有一半將會一輩子都單身。）不少人考慮創業，但是資金始終不夠。

短大、女大畢業生，有非常強烈的「依存」性；她們本來打算做幾年的單身貴族後嫁給上班族而當上家庭主婦的。可是，雇傭環境改變以後，遇上白馬王子的機會大大下降。而且在男性中，擁有穩定職位、高收入的人越來越少；爭奪他們的競爭則越來越厲害。即使幸好結了婚，將來丈夫遭到了裁員，做妻子的只好出去工作；而那時候的收入，將比剛畢業的派遣人員或者學生臨時工還要低。

條件最好的還是名門大學畢業生。日本施行男女雇傭平等法正好有二十年；各大公司裡有了些女性幹部職員。（我高中時候的一個女同學現在是日產汽車印度分社長。）助理工作可以轉包出去，幹部人員總得培養起來；拿到了文憑，再有能力和肯幹的精神，女生都能爬上經濟階梯。

過了三十歲，最可能有閒錢在原宿表參道名牌店花的就是第三種女人了。（有沒有空閒則是另外一個問題；日本公司管理人員的勞動時間普遍特別長。）只是，女性主義心理學家認為：有了金錢和地位，也就是克服了「生存」問題和「依存」必要以後，人自然會有強烈的「保存」慾。她們不想因結婚而失去工作、社會地位和舒服的生活；「保存」現狀比成家生育更重要了。印度分社長好像是單身。報紙經濟版介紹的女性企業家中，單身人士佔的比例也確實相當高。

從女性主義角度分析，日本女性的結婚率只會直線下降，因爲無論有甚麼學歷，在目前的經濟、社會環境裡，大家都面對婚姻困難。不過，一般論歸一般論；個別人的生活道路還是五花八門的。

日本也有一些女人想要甚麼就有甚麼。上次大選時，小泉純一郎首相親自推薦的幾位女新人，個個都有高學歷、高職位、高收入、豪宅與別墅，加上跟她們自己一樣成功的丈夫。可恨的是，擁有美貌的女性才被歌劇迷首相看中，而人家居然還想要政治權力！

最近的暢銷書《下流社會》的作者三浦展（市場動向分析專家）也指出：目前的日本，一方面有學歷低、職位低、收入低的男女，因意外懷孕而被迫「低低結合」，手拉手滾下社會階梯的趨向；另一方面有學歷高、職位高、收入高的男女，爲了擴展彼此的權益而選擇「高高結合」，更上一層樓的現象。

據三浦的調查，在日本，整體生活的滿足感最高的是「高高結合」的DINKS（雙份收入無小孩）一族，接著是高收入丈夫養活家庭主婦和一、兩個孩子的工業社會型家庭；只是，這類家庭今後必定越來越少了。至於單身人士以及雙職工帶孩子的家庭，都對生活不太滿意；前者因爲對將來感到不安，後者則是過於忙碌總感疲倦的緣故。

二十世紀後半的日本，曾有過所謂「一億總中流」時代。那是經濟高度成長的日子，大家的生活齊步改善，每個家庭裡每年都增添新電器的年代。然而，一九九〇年代以後，由於經濟的不景氣和全球化，一切開始兩極分化了。不僅收入水準的懸殊逐漸擴大，而且同一個人的消費行動也有兩極分化的趨勢。

例如：同一個人既買名牌商品又光顧百圓商店。路易威登在全世界出售的商品，至少一半是日本人買的。LV花樣的大小皮包，不僅在東京而且在鄉下，每個小姐、女士、太太、歐巴桑都有了。她們帶著LV去逛名牌店、百貨店、超市，也逛便利店、百圓商店。

你以爲有錢的女人就不去百圓商店嗎？那可不見得。如今百圓商店的貨色非常豐富齊全，簡直壓倒便利店、超市，甚至百貨公司了。要買日常用品，先逛百圓商店看一看，已不再僅出於經濟上的需要，而是符合節省時間的目的。只是，恐怕連她們都感到：這樣的生活似乎有點不正常，實際內容嚴重空洞化，正如整個日本社會。

57 日本二〇〇七年問題

日本社會正爲二〇〇七年問題而提心吊膽。

二〇〇七年問題是甚麼？

大家該記得，幾年前，二十一世紀快要來的時候，全世界爲二〇〇〇年問題而緊張過一陣子，由於專家警告：在一九九九年十二月三十一日和二〇〇一年一月一日之間，電腦系統說不定要出大問題。那一次實際上發生的問題並不多，讓大家鬆了口氣。日本的二〇〇七年問題可不同，已眞開始給社會造成重大影響了，都是全國七百萬「團塊世代」同時退休的緣故。

在日本，第二次世界大戰剛結束後的一九四七年和四九年之間出生的孩子特別多，比之前和之後都高出二成以上，三年裡竟出生了七百萬人。當時，全世界差不多同時發生了嬰兒潮現象（baby boomers），大概是等待許久的和平時代讓人類對未來感到樂觀的緣故。

嬰兒潮一代人，就是因爲人數多，對整個社會的影響力一直相當大。他們的青春時代，西方國家的年輕人都熱狂於The Beetles，從倫敦到柏林到紐約到東京，各地的小伙子都把頭髮剪成洋蘑菇形狀，拿著電吉他唱英文情歌。接著，從巴黎到洛杉磯到東京，全世界的大學生全留著長頭髮穿著喇叭牛仔褲和花襯衫，鬧起左派政治運動了。

在日本，六八年發生的「全共鬥」學運，當初的議題是大學行政問題，後來卻擴散到反對越戰，反對日美安全保障條約等國際問題。有部分激進份子更從事暴力革命，一會兒劫機飛到平壤，一會兒往中東搞恐怖活動。最後，大名鼎鼎的日本赤軍躲在山間根據地，一個一個地肅清離心份子，血腥的私刑手法叫人不寒而慄。

凡事物極必反是人之常理。看到極左派的沒落，大部分同代人剪短頭髮，改穿西裝，做起七〇年代的企業戰士了。他們的作風一百八十度地轉換，但是對廣大社會的影響力並沒有減低。從大學時代的自由戀愛、同居熱，到後來的小家庭主義、不倫之戀，在人生每一個階段，他們都顚覆了舊有的社會規範。

後來做了政府經濟企畫廳長官的評論家堺谷太一把一九八〇年問世的近未來小說題爲《團塊世代》；給七百萬人起的集體名稱很快成爲一般名詞而普及了。堺谷分析社會經濟趨勢的力量確實突出，他的書基本上預測到二〇〇七年問題。首先，隨著「團塊世代」年齡增長，日本企業得負擔的人事費提高，一方面導致經營狀態惡化，另一方面奪取年輕人就業的機會。接著，七百萬人同時進入晚年，高齡社會一夜之間出現，給社會造成醫療費增加等壓力。

目前90%的日本企業規定員工必須退休的年齡，而其中90%又把退休年齡定爲滿六十歲。也就是說，自二〇〇七年起的三年裡，八成以上的「團塊世代」得從企業第一線退下來的。小說裡的黑色預言似乎一個一個地在應驗。大量退休的負面影響，已在各方面開始呈現。有些組織爲了緩和劇烈變化而鼓勵部分員工提早退休，仍然抵制不了壓倒性潮流。

比如說，小學教員工作辛苦但有不薄的退休金，過去兩年不少「團塊世代」提早退休了。結果，在全國各地，小學教員忽然供不應求。僅僅幾年前，剛剛大學畢業的學生想做正式教員談何容易，只有特別優秀的新人才能站在課堂上。可是，情況忽然發生大變化；爲了補充「團塊世代」提早退休所造成的人手不足，到處都大量招聘新教員。結果，錄用考試的競爭率急劇下降，簡直是誰報名誰就給雇用了。在各地的學校，能力不高的新教員同時報到，校長等管理人員非得從頭培養不可，中堅以上的教員得承擔多餘的業務，導致更多人考慮提早退休，二〇〇七年問題反而加劇。惡性循環已在運作，教育質量自然下降，學生水準不能不受影響，日本教育體制正面臨著重大危機。

在製造業，很多人擔心「團塊世代」的大量退休會造成工業技術傳授上的斷絕。老一輩擁有的職業知識一代一代地傳授給小一輩，使得國家的工業基礎踏實穩定。然而，人口特多的「團塊世代」一下子從崗位退下來，多年來儲存的知識和技術忽然煙消雲散，搞不好就要導致不僅是個別企業而是整個國家製造業的徹底崩潰。

另一方面，「團塊世代」大量退休也會有好影響，如推動消費市場。針對他們的各種商品已開始上市：六〇年代的暢銷雜誌復刊；音樂教室爲大人而開鋼琴班、小提琴班、吉他班；合適於老夫妻的度假設施在各地建設。另外，一部分人趁退休而創立或參與非營利團體。在社會活動中發揮能力，定受其他世代的歡迎。

二〇〇七年以後的日本究竟會甚麼樣，目前還言之過早。不過，「團塊世代」確實猶如巨人，因爲個子大，一舉一動都必定造成重大影響。但願正面影響壓倒負面的才好！

58 可愛的衣服

哥哥小時候高瘦英俊，母親非常疼愛他，特地買來好衣服給他穿。我則肥胖不可愛，不能引起母親的興致，她皺著眉頭對我說：「這麼胖了，沒衣服穿。」整個童年時代，我都幾乎沒有打扮的記憶。爲了參加法事、典禮而買來的好衣服，也是暗色無花，像制服的那種。甚麼粉紅色、花邊、繡花、絲帶、蝴蝶結等等，所有可愛的東西，我統統都沾不上邊。

我稍微覺得自己命苦，但也並沒有埋怨誰。孩子是只能聽從家長的。既然母親說我沒衣服穿，就是沒衣服穿了。久而久之，甚至相信自己本來就不喜歡可愛、女孩子氣的衣服，故意揀哥哥的舊衣服來穿了。到了高中、大學時代，女同學們紛紛買來時裝雜誌做研究，我始終有疏遠感。雖然那時候，我的身材已經屬於正常範圍內，但是

心底深處還是以爲自己沒資格穿漂亮的衣服。

後來去北美生活，我的世界觀大大改變了；因爲在那裡，我算是矮小的女人，買衣服總要選小碼的。儘管如此，甚麼粉紅色、花邊、繡花、絲帶、蝴蝶結等等可愛漂亮的女裝，從來沒有進入我的意識裡。那些東西好像屬於另一種人，屬於從小被母親疼愛的人。

生了孩子以後，聽周圍的媽媽們講：「有女兒多好，能買可愛的衣服打扮起來，像玩布娃娃似的！」我都不以爲然。玩布娃娃那種純粹屬於小女孩的事情，我歷來敬而遠之，沒有過強烈的興趣。

然而，從我肚子裡出來的女兒，還沒有站起來會走路以前，就特別著迷於粉紅色、花邊、繡花、絲帶、蝴蝶結等等可愛的東西。她看到漂亮的衣服就高興得跳起來。而且如今確實有賣很多很多好看的女童裝。連迪士尼卡通片的女主人翁們穿的衣裳都在玩具店出售。轉眼之間，女兒擁有的長禮裙比我多得多了。玫瑰色、純白色、粉藍色、黃色，全齊。

最近有一天，我跟女兒兩個人去看戲；事先我幫她穿好黑禮服，把頭髮紮上去了。稍後在地鐵上看著好好打扮起來的四歲女兒，我心中特別痛快。似乎她無意中替我雪除了多年的仇恨。是的，你我都有資格穿上世界上最可愛、漂亮的衣服。好啊，女兒。

59 給別人看的內衣

今年夏天，東京女生個個都穿著內衣上街。最普遍的是肉色緞子花邊胸衣（camisole）；多數人爲防禦空調機吹來的冷風而披上短袖襯衫，但是胸前還是露出著花邊。也有些人在寬鬆的背心下面只穿一件胸罩，那是本來就爲給別人看而設計的：黑色、深紅、深紫等顏色好顯眼，有時織有金色絲線，吊帶上更繡著玫瑰花等。年輕不大有錢的女孩子們則乾脆穿上三點式泳衣的胸罩外出；也確實跟高價的外裝胸罩沒甚麼區別。

女生開始穿著類似內衣的服裝上街，已有十餘年了。當初流行的長襯裙（slip dress），採用了基本上跟內衣一樣的款式和料子；但是顏色花樣方面，還是滿像傳統的連衣裙，而且一般長到膝蓋上邊，露出度不比普通衣服高。

看著年輕女生穿長襯裙上街，父母一輩嘆口氣；可是，當他們年輕的時候，就開始穿本來是內衣汗衫的T恤上街的。直到一九五〇年代，人們很清楚地知道甚麼是內衣。在歐亞大陸，沒有領子的衣服曾都是內衣。對上層階級的女性來說，胸罩、背心、襯裙、絲襪、襪帶、緊腰衣等，全屬於跟內褲一樣私密的領域，用絲綢花邊來裝飾，是爲了娛樂自己和情人，而絕不是給不特定多數的行人觀賞。

自從T恤普及後，到底甚麼是內衣則越來越模糊了。不過，設計T恤的人，至少盡量使它顯得跟汗衫不一樣；雖然沒有領子，但是穿起來夠體面。接著，內衣背心也開始走T恤這條路。本來只有白色和肉色兩種，後來翻身爲全彩色，跟蠟筆盒子一般豐富多彩起來。背心的露出度比T恤高，用鮮豔色彩染上，穿著外出時候的心理障礙大大下降。

當初，年輕人把汗衫或內衣背心當日常衣服穿，有反抗社會、破壞常規的意圖。這潮流是男生帶領的。女生則經過迷你裙和三點式泳衣的流行，逐漸提高了露出度。可是，穿著緞子花邊內衣外出，直到最近還是忌諱；因爲它屬於臥房，應該爲情人保留下來；違反這規定的女生，被別人當作妓女也無可厚非。

不分男女，多數人選擇服裝的基準，不過是盲目地追隨流行。九〇年代初，開始穿著長襯裙上街的，很多是身體還未完全發育的年輕女孩；她們大概天眞地趕了時髦而已，恐怕連「長襯裙是內衣」這樣的意識都沒有。但是，下意識的欲求是另一回事。當服裝設計師成功地刺激到消費者的下意識時，某種服裝便流行起來。當時，身材豐滿一點的女性們，則沉默地跟長襯裙保持了距離；因爲由她們穿來，它的「內衣性」會凸顯出來，給人的印象就太色情了。

進入二十一世紀後的狀況，跟上世紀完全不同了：女性們開始故意穿著性感內衣外出了。她們不再怕被誤解爲妓女；也不再怕在別人眼裡顯得太色情了。

今年在服裝店的廣告單子上，常常看到「給別人看的內衣」這樣的說明文字。指的不是情人，而是不特定多數的行人。不僅針對於年輕人的品牌如此，而且針對於中年人的品牌也一樣。

這些商品特地採用肉色、淡咖啡色等曾專門屬於內衣（也就是臥房＝性愛世界）的顏色；在料子方面，棉布本體加絲綢花邊的作法也完全沿用內衣。並不是普通的內衣，而是相當性感的內衣。這跟過去把汗衫、背心改造爲日常服裝是不同方向的發展。這回，日本女性被鼓勵穿著道道地地的性感內衣外出了。

結果，今年夏天，從十八到六十歲的日本女性，多半穿著「給別人看的內衣」。從下意識的角度來看，她們不外是集體要勾引男性的。據全球性網路調查，日本人性交的頻率全世界最低，一年五十二次，是世界平均數字的一半。所以，日本女性大有理由穿著性感內衣集體遊行。

男性的反應很有趣：集體「無可奉告」。過去，當迷你裙、三點式泳衣流行的時候，常做出黃色評論的男性雜誌，這回完全保持沉默。恐怕是他們（至少在下意識裡）知道：自己的處境已到了完全被動的地步。

60 東京非婚世代

東京的三十世代，一半以上是單身的。男性的平均結婚年齡爲三十一，女性則是二十九；過了這年齡以後，單身男女結婚的可能性就大幅度低落。

看各項人口動向調查，東京三十世代不結婚的原因主要有二：首先，他（她）們不想失去自由自在的生活。女性重視自由的程度比男性高。其次，他（她）們不覺得有必要結婚。尤其男性三十世代，感到「不覺得有必要結婚」的比例越來越高。

以前的日本社會對單身人士非常不寬容。過了三十歲而沒有結婚的男性，社會上的信用度相當低；公司裡不被提拔，想買房子銀行也不給貸款。當年普遍的想法是：「不想負責任，所以不結婚的吧？誰相信你們這些人？」現在，那樣的偏見幾乎消失了，婚姻狀態被視爲隱私的一部分。如今，「愛管人家的閒事」式的話語和行爲，不僅品味低而且有違反法律（個人情報保護法）之嫌。

另外，今天的大都會，爲單身人士提供方便的產業特別發達。例如便利店，每天二十四小時都能買到現成食品以及營養藥片。過去的單身男女容易陷入營養不良狀態，今天只要光顧便利店，生存不僅可能而且還會有樂趣。

所以，不結婚也罷了。但是，這並不等於說他（她）們不願意或者不想結婚。其實，堅守獨身主義者向來不多，也沒有增加。大家等著機會。只是，機會遲遲不來而已。

直到三十世代的父母親一輩，日本人結婚最常見的途徑是相親。這傳統習慣於二十世紀末斷絕了。現代都會人最忌諱「愛管人家的閒事」式行爲；自任媒人不再被人感謝感激，反而遭人厭惡如蛇蠍。

還有，從前的未婚男女經常在職場上互相認識而論及婚嫁，那種情況也已經很少了。當年的日本女性找到了對象，很多都退休當家庭主婦，把職場空位讓給了妹妹們。可是，過去二十年，女性的職業觀發生了大變化；如今多數人結婚以後還繼續工作。結果，未婚男性在職場上碰到合適的未婚女性，可能性降低了。

總的來說，表面上看來自由開放的大都會東京，在二十一世紀初的今天，男女互相認識的機會並不多。據調查，三十世代未婚的男性，超過五成從來沒交過女朋友；女性則有四成沒交過男朋友。社會上，爲單身男性解決性慾的風化產業歷來不缺乏。然而，女性處境可不一樣。在女性來說，沒交過異性朋友幾乎等於沒有過性經驗。也就是說：三十歲而未婚的女性有四成是處女。這是大都會東京的現實。

自從一九八〇年代，平均起來，日本年輕人在性愛方面越來越早熟。如今大約一半的人，高中畢業以前有過性經驗。這些人年紀輕輕就結婚的比例相當高，是意外懷孕所導致。另一方面，學生時代沒交上異性朋友的一群人，開始工作以後找對象加倍困難：他（她）們本來就個性內向，不會主動追人的，加上如今的社會已沒有人替他（她）們「管人家的閒事」。

日本作家吉廣紀代子曾在八〇年代中訪問五十多名單身女性而問世了《非婚時代》一書。之後的二十年裡，少數人的選擇變成了多數人的現實。現在，代表單身職業女性，《敗犬的遠吠》的作者酒井順子，一方面承認自己長期在情場混過來，同時又說：結婚需要特殊才能。

凡事落差明顯的今天，性愛落差也特露骨。酒井和精神科醫生兼御宅族文化評論家齋藤環進行的連續對話集就叫做《性愛格差時代》。對話的結論是：有一部分人，一輩子上不了情場；另一部分人，因爲豔遇太多而難做決定。大家都覺得：生活現狀仍可，失去自由實在可惜，並無迫切的理由要結婚。

果然，這些年，在東京街上看到的男女情侶越來越少。反之，越來越多的是單獨活動的男性（其典型爲御宅族）以及雙雙吃飯、看戲、買東西、旅行的女性。未婚男性到秋葉原電腦街買美少女人偶帶回家滿足佔有欲。未婚女性則跟女同學、女同事，或者姐妹、母女一起，互相滿足對密切關係的欲求；細膩的感情來往，不再是夫妻關係壟斷的。

61 東京便利世代

美奈子是典型的東京便利世代，每天至少一次吃便利店賣的便當。說是便當，她卻甚少買盒飯，也不常買冷蕎麥等日式麵條。她喜歡的是三明治、沙拉、義大利麵條、優酪等西式便餐，覺得酷些。

她是英文系博士課程畢業的大學講師，只是還沒找到固定的職位，目前每週跑四所大學大專教教英語會話、英語作文。住在大如宇宙的東京，加上天天到不同的地方上班去，光是通勤就累死人，好在今天到處都有便利店。

說實在，美奈子幾乎天天吃的便利便當，是在大學校園內的便利店買的。從前的大學，一般都有消費合作社（CO-OP），爲學生會員提供了減價的書本、文具、飲料、麵包等。後來在不少學校，消費合作社成了學運激進份子的活動據點，引起了警方的注意，也導致學校當局提高警惕，最後找機會藉口把他們連帶合作社從校園趕走了。爲了解決普通學生買東西的需要，多所大學請便利店進來校園內營業。結果商品種類大幅增加，很受同學們的歡迎。

有些商品，美奈子在其他地方的便利店沒看過，卻在大學便利店大賣特賣。那是加量的杯麵類。無論是湯麵、烏龍，還是炒麵，都有賣份量比一般多五成的「大盛」。男生們紛紛購買後，用店內供應的熱水泡一泡，帶到外面坐下來吃。

美奈子是女性，而且是老師，嫌杯麵太大眾化，爲了保持體面，還是走沙拉、三明治、優酪一條路。

這天她先看到了一種優酪，蓋子上寫著「有利於減肥」。仔細看，是附帶一小袋脫脂奶粉的；跟優酪一起吃，能補充減肥時候容易缺少的鈣。對美奈子來說，減肥是永久性的狀態。她自從懂事，沒有一天不減肥，只是遲遲不見效而已。所以，無論在甚麼時候，看到了「有利於減肥」的東西，都自動地買。儘管如此，光光吃二百毫升的優酪不可能飽肚子。因而，她也順手買花園沙拉，那是裝在圓形容器裡蓋上了透明蓋子的，中間有個熟到恰到好處的煮雞蛋半個，眞是討人喜歡。當然，最吸引人的是味道濃郁的沙拉醬，恐怕熱量不低，但是美奈子不在乎。畢竟教書是體力勞動，她不能半餓著站在課堂上的。

矛盾。確實矛盾得厲害。猶如她愛穿上半透明看得見胸罩輪廓的襯衫，卻對不隱瞞好色眼神的男人討厭如蠍。可是，三十多歲單身工作的女孩子，全世界有哪一個心中不矛盾呢？

美奈子跟便利店，可以說是同代的。她出生的一九七四年，日本第一家 7-ELEVEN 開張。第二年，就出現了通宵營業的便利店。隨著她成長，便利店的功能也逐漸擴大了。她小學時代，7-ELEVEN 開始代理黑貓宅配便的發送服務；中學時代，則開始代收電費、瓦斯費、自來水費等公共費用；大學時代，開始代售各種音樂會或迪士尼樂園的門票，也設置了銀行提款機和飯店預約機等。至於影印機就不在話下，甚麼彩色影印、同時傳眞，全都能做到。

另外，價錢越來越有競爭力，商品種類也多樣化。美奈子記得小時候聽母親說便利店的東西比超市貴，現在則不見得了。這些年開始賣藥品和營養補充劑（supplement）對她幫助很大。還有，一些化妝品只在特定的便利店能買到，價錢也滿合理。

因爲店舗面積有限，商品總種類始終只有一千五百樣左右，遠不如大規模的超市。但是，便利店的長處是商品更替速度快。例如她愛吃的便利沙拉，幾乎每兩週就出現新的種類：從花園沙拉到綠色沙拉，從雞蛋沙拉到火腿沙拉，從鮪魚沙拉到鮭魚沙拉，從藍起司醬到辣麻油醬，從義大利醬到法國醬，花樣變來變去，令人從不厭膩。

看到美奈子吃十年如一日的便利沙拉，母親偶爾說「又吃那個了！」其實，每次花樣都不一樣的。而且，母親自己也吃著五十年如一日的米飯、味噌湯、酸梅、納豆。飯後，兩人一起吃美奈子從7-ELEVEN買回來的哈根達斯。自從父親去世後，母女倆就這樣過來了。雖然說不上特別幸福，但也感覺還不壞，至少絕對滿便利。

62
深度和溫度

雖然我從來沒住過台灣，誠品書店也只去過幾次而已，但還是斷然要說：全世界我最喜歡的書店是台北誠品書店。

喜歡看書的人，恐怕小時候沒有過快樂的童年。那不是我說的，而是一個猶太裔加拿大心理醫生告訴我的。不知道他說得有沒有道理，總之，我自己從小比較孤獨而特別喜歡看書。對孤獨的心靈來講，書店是安全感最大的避風港。躲在四周被書架圍住的環境裡，沒有人來打攪，能夠專心一意地逃入文字世界中去。

書店是一方面很封閉，另一方面很開放的空間。硬體上，它像城堡一般，跟外邊現實完全隔絕。軟體上，它卻為讀者打開通往全世界的大門；從那裡走進去，不僅能達四海五洲，而且能到過去與未來，讓人在旅途中認識到心靈上的知己，這樣子就不再覺得寂寞了。

小時候，我經常一個人站在東京住家附近的小書店，靜靜地離開現實而往精神世界啓航去了。我尤其喜歡外國的孤女透過生活冒險逐漸成長的故事，例如：以美麗的阿爾卑斯山脈爲背景的《海蒂》。後來，慢慢開始覺得，這書店爲我提供的空間太小太有限，於是去逛較大的書店。

離我家走路二十分鐘的地方，就是早稻田大學所在地高田馬場。火車站廣場有三省堂和芳林堂兩家大書店的分店。中學時代的我，呆呆地站在芳林堂的「社會」、「世界」、「女性」等書架前邊，不知消耗了多長時間。

上了大學以後，新宿東口的紀伊國屋書店成了我跟朋友們約會的固定地點。它當時算是東京最大的書店，樓上有劇場，樓下有紅茶店，整個大樓都散發著文化氣氛，這是著名的文人老闆田邊茂一先生還在世的緣故。另外一個常去的地方則是舊書店集中的神田神保町。專門賣中文書的內山書店，我尤其頻頻去。有一次在狹小的二樓仰望著高達天花板的書架，我忽然發覺：光是這一家經售的書，我也花一輩子都看不完的。事後茫然若失一陣子。

就像交朋友要講性格，書店的個性也非常重要。每個國家的書蟲都知道：書店的大小和好壞沒有直接的關係，有些好書店雖然規模小卻挺可愛的。一九八〇年代以後，東京的大書店越來越多，然而大多就是巨大書庫，令人找不到溫暖的感覺，更沒有個性可言。難道讀者在書店尋找的僅僅是知識？沒有人味是不行的。

我大學畢業後，在仙台當記者的日子裡，常常偷閒去一家叫做八重洲書房。那是不賣暢銷書的小書店，除非水準著實高。那裡人文科學方面的書籍特別充實，很多顧客屬於知識階層；我一進去就覺得好比回到了家。「安詳如在家（at home）」的感覺是好書店不可缺少的因素之一。八重洲的老闆明顯有眼光，會選書。聽說那一家好書店早已關門了；這世界的鑑賞家始終不很多，可惜極了。

後來我飛往多倫多住下來，發現當地有不少專業書店，如：戲劇書店、旅行書店、女性書店、海洋書店、烹調書店、DIY書店。五花八門的小書店，滿有趣也確實方便。但是，畢竟範圍很狹窄，新鮮感不會維持很久。書店還是最好通往全世界的。於是改去 Bloor 街和 Queen 街的綜合性文化書店。

第一次去台北誠品書店受的衝擊，我一輩子也忘不了。這世界果然有這麼溫暖的書店！它給人的感覺非常舒服，好比在朋友家客廳裡隨便看著書架一般。當時住在香港過著寂寞生活的我，深深感動，甚至認眞考慮遷居台北了。

對我最有吸引力的，就是誠品書店同時出售中文、英文、日文書，猶如四海五洲就擺在面前。透過自家雜誌介紹海外讀書潮流也是可圈可點的好主意。當時的台灣剛解嚴不久，不同時代的外國書籍同時得到翻譯出版，過去與未來竟然一起在眼前出現。那畫面，有點像是同一天過生日和聖誕節；禮物太多，稍微混亂，但確實有不可抵抗的魅力。

此外，賣書部和咖啡廳有機性結合的設計也特別巧妙；全世界讀者的夢想終於在台北實現了。誠品書店後來更改爲通宵經營，整夜歡迎大都會的孤獨心靈，這樣無疑是全世界最好客的書店了。

由我看來，誠品書店代表台灣文化的精華。一方面有華麗深厚的中國歷史，另一方面有輕鬆寬容的海洋風土。混合而成的台灣文化能夠兼備深度和溫度。

可喜的是，這些年在華人文化圈裡，誠品書店起的示範作用越來越明顯；在北京、上海等地，模仿它的書店已經開了好幾家。東京最近也有了一些書店咖啡廳（Book Café），雖然規模上仍遠不如台灣誠品，但總方向是對的，令我覺得非常高興。

國家圖書館出版品預行編目資料

偏愛東京味／新井一二三著；－－初版.－－臺北市：大田，民96
面；　公分.－－（美麗田；099）
ISBN 978-986-179-038-1（平裝）

861.6　　96002200

美麗田 099

偏愛東京味

作者：新井一二三
發行人：吳怡芬
出版者：大田出版有限公司
台北市106羅斯福路二段95號4樓之3
E-mail:titan3@ms22.hinet.net
http://www.titan3.com.tw
編輯部專線（02）23696315
傳真（02）23691275
【如果您對本書或本出版公司有任何意見，歡迎來電】
行政院新聞局版台業字第397號
法律顧問：甘龍強律師

總編輯：莊培園
主編：蔡鳳儀／編輯：蔡曉玲
企劃統籌：胡弘一／企劃助理：蔡雨蓁
網路編輯：陳詩韻
美術設計：Leo Design
校對：陳佩伶/鄭秋燕/新井一二三

印製：知文企業（股）公司　TEL:(04)23581803
初版：二〇〇七年（民96）三月三十日
定價：220元

總經銷：知己圖書股份有限公司
（台北公司）台北市106羅斯福路二段95號4樓之3
TEL:(02)23672044・23672047　FAX:(02)23635741
郵政劃撥：15060393
（台中公司）台中市407工業30路1號
TEL:(04)23595819　FAX:(04)23595493

國際書碼：ISBN 978-986-179-038-1 / CIP:861.6 / 96002200
Printed in Taiwan

廣　告　回　郵
北區郵政管理局登
記證北台字 1764 號
免　貼　郵　票

＊請沿虛線剪下，對摺裝訂寄回，謝謝！

大田出版有限公司　編輯部收

地址：台北市 106 羅斯福路二段 95 號 4 樓之 3

電話：（02）23696315-6　傳真：（02）23691275

E-mail ： titan3@ms22.hinet.net

地址：

姓名：

TITAN
大田出版

智　慧　與　美　麗　的　許　諾　之　地

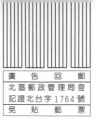

＊請沿虛線剪下，對摺裝訂寄回，謝謝！

閱讀是享樂的原貌，閱讀是隨時隨地可以展開的精神冒險。

因爲你發現了這本書，所以你閱讀了。我們相信你，肯定有許多想法、感受！

讀 者 回 函

你可能是各種年齡、各種職業、各種學校、各種收入的代表，

這些社會身分雖然不重要，但是，我們希望在下一本書中也能找到你。

名字／＿＿＿＿＿＿＿ 性別／□女 □男 出生／＿＿＿年＿＿＿月＿＿＿日

教育程度／＿＿＿＿＿＿＿＿＿

職業：□ 學生 □ 教師 □ 內勤職員 □ 家庭主婦

□ SOHO族 □ 企業主管 □ 服務業 □ 製造業

□ 醫藥護理 □ 軍警 □ 資訊業 □ 銷售業務

□ 其他＿＿＿＿＿＿＿＿

E-mail/＿＿＿＿＿＿＿＿＿＿＿＿ 電話/＿＿＿＿＿＿＿＿

聯絡地址：＿＿＿＿＿＿＿＿＿＿＿＿＿＿＿＿＿＿＿＿＿＿＿＿

你如何發現這本書的？ 書名：偏愛東京味

□書店閒逛時＿＿＿＿＿書店 □不小心翻到報紙廣告（哪一份報？）＿＿＿＿＿

□朋友的男朋友（女朋友）灑狗血推薦 □聽到DJ在介紹＿＿＿＿＿＿＿＿

□其他各種可能性，是編輯沒想到的＿＿＿＿＿＿＿＿＿＿＿＿

你或許常常愛上新的咖啡廣告、新的偶像明星、新的衣服、新的香水……

但是，你怎麼愛上一本新書的？

□我覺得還滿便宜的啦！ □我被內容感動 □我對本書作者的作品有蒐集癖

□我最喜歡有贈品的書 □老實講「貴出版社」的整體包裝還滿 High 的 □以上皆非 □可能還有其他說法，請告訴我們你的說法

＿＿＿＿＿＿＿＿＿＿＿＿＿＿＿＿＿＿＿＿＿＿＿＿＿＿＿＿＿＿

你一定有不同凡響的閱讀嗜好，請告訴我們：

□ 哲學 □ 心理學 □ 宗教 □ 自然生態 □ 流行趨勢 □ 醫療保健

□ 財經企管 □ 史地 □ 傳記 □ 文學 □ 散文 □ 原住民

□ 小說 □ 親子叢書 □ 休閒旅遊 □ 其他＿＿＿＿＿＿＿＿＿＿

一切的對談，都希望能夠彼此了解，否則溝通便無意義。

當然，如果你不把意見寄回來，我們也沒「轍」！

但是，都已經這樣掏心掏肺了，你還在猶豫什麼呢？

請說出對本書的其他意見：

大田出版有限公司編輯部 感謝您！